光文社文庫

長編時代小説

濡れぎぬ

研ぎ師人情始末㈩

決定版

稲葉　稔

光　文　社

※本書は、二〇〇九年九月に光文社文庫より
刊行した作品を、文字を大きくしたうえで
さらに著者が加筆修正したものです。

目次

江戸川
音羽
護国寺
至板橋宿
早稲田村
江戸川橋
大塚
巣鴨
赤城明神
御納戸町
石切橋
日光御成街道
若宮八幡宮
神楽坂
切支丹坂
御薬園
中山道
小日向馬場
牛込御門
番町
傳通院
小石川
神明宮
白山
小石川御門
水戸徳川家
駒込
春日町
水道橋
千駄木
神田川
本郷
道灌山
根津権現
霊雲寺
池之端七間町
福成寺
池之端仲町
根津門前町
根津宮永町
日暮里
神田明神
不忍池
湯島天神
昌平橋
湯島切通町
弁天
仁王門前町
根岸
谷中
筋違御門
明神下
上野元黒門町
寛永寺
東叡山
下谷広小路
外神田
神田
和泉橋
神田佐久間町
佐久間河岸
下谷金杉町
御徒町
豊島町
新シ橋
左衛門河岸
向柳原
下谷山崎町
柳原土手
三味線堀
広徳寺
下谷竜泉寺町
両国広小路
平右衛門町
幡随院
元鳥越町
猿屋町
甚内橋
茅町
浅草橋
阿部川町
新吉原
両国橋
柳橋
御蔵前片町代地
新堀川
日本堤
駒留橋
大川
旅籠町
東本願寺
回向院
首尾の松
御米蔵
御蔵前通り
御蔵前
浅草寺
日光道中
小塚原
亀沢町
御竹蔵
御厩河岸之渡し
浅草広小路
奥山
浅草
山谷町
駒形町
雷門
浅草観音
新鳥越橋
駒形堂
花川戸町
山谷堀
揚場
南割下水
本所
竹町之渡し
竹町
中之郷
吾妻橋
今戸橋
今戸町
白鬚之渡し
源森橋
瓦町
源森川
小梅村
三囲稲荷
向島墨堤
長命寺
木母寺
北割下水
中之郷八軒町
寺島村
大横川
法恩寺橋
業平橋
亀戸村
押上村
天神橋
十間川
柳島村
亀戸天神

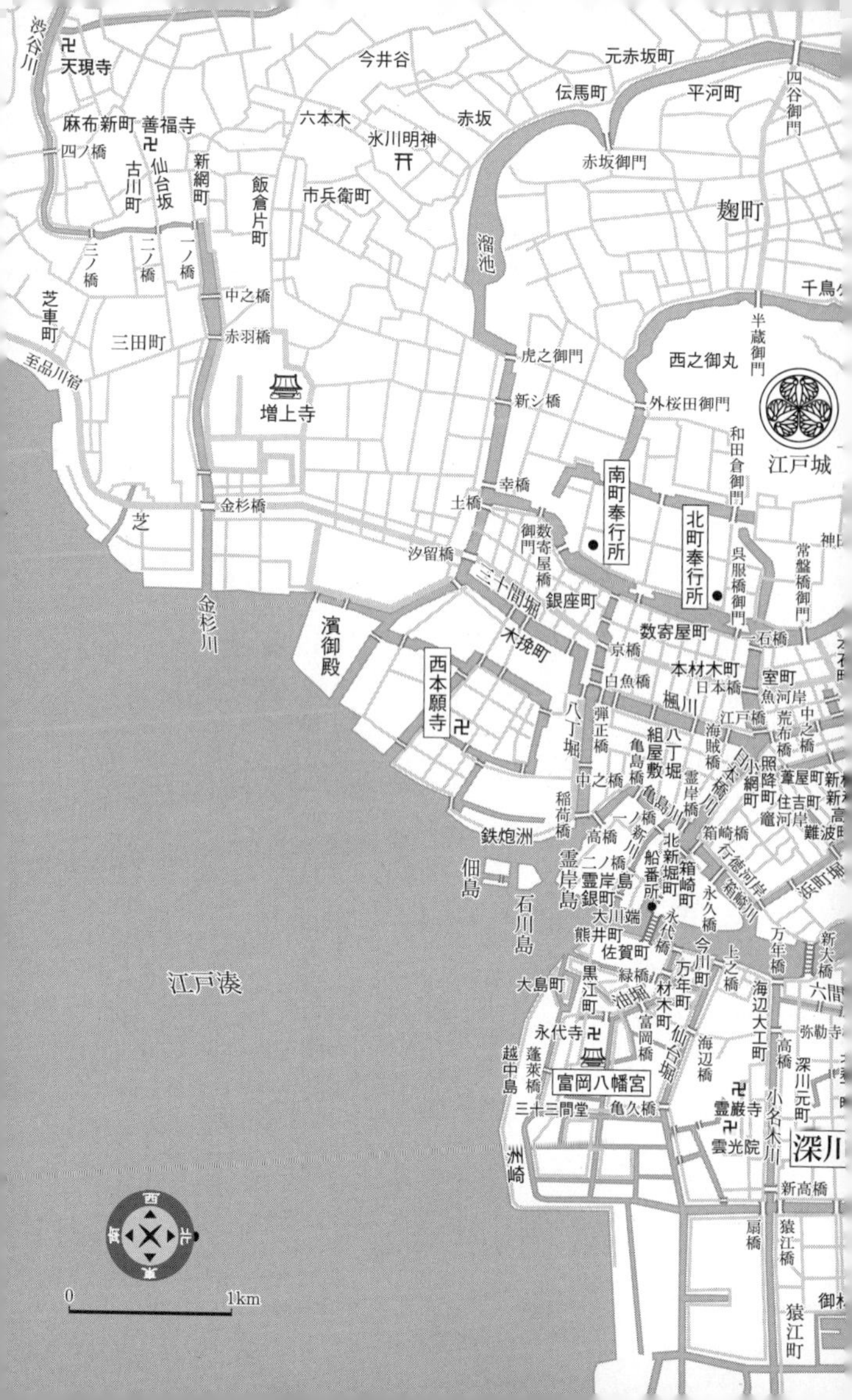

渋谷川
天現寺
今井谷
元赤坂町
四谷御門
伝馬町
平河町
麻布新町
善福寺
六本木
赤坂
四ノ橋
氷川明神
赤坂御門
古川町
仙台坂
新網町
飯倉片町
市兵衛町
麴町
溜池
三ノ橋
二ノ橋
一ノ橋
中之橋
千鳥ヶ
芝車町
赤羽橋
半蔵御門
三田町
虎之御門
西之御丸
至品川宿
増上寺
新シ橋
外桜田御門
和田倉御門
江戸城
南町奉行所
幸橋
北町奉行所
土橋
金杉橋
芝
御門
数寄屋橋
汐留橋
呉服橋御門
常盤橋御門
神
三十間堀
銀座町
金杉川
濱御殿
数寄屋町
木挽町
一石橋
京橋
本材木町
西本願寺
白魚橋
日本橋
室町
楓川
魚河岸
八丁堀
弾正橋
江戸橋
荒布橋
中之橋
組屋敷
八丁堀
海賊橋
亀島橋
日本橋川
小網町
照降町
葺屋町
新
中之橋
霊岸橋
住吉町
稲荷橋
亀島川
一ノ橋
新川
新
高
鉄炮洲
高橋
北新堀町
箱崎橋
行徳河岸
難波
佃島
霊岸島
二ノ橋
霊岸島銀町
船番所
箱崎町
箱崎川
浜町堀
石川島
大川端
永久橋
熊井町
永代橋
万年橋
新大橋
佐賀町
今川町
上之橋
江戸湊
大島町
黒江町
緑橋
油堀
万年町
材木町
海辺大工町
六間
富岡橋
弥勒寺
永代寺
仙台堀
高橋
越中島
蓬莱橋
海辺橋
深川元町
富岡八幡宮
三十三間堂
亀久橋
霊巌寺
雲光院
小名木川
深川
洲崎
新高橋
扇橋
猿江橋
西
北
東
南
0
1km
御
猿江町

「濡れぎぬ　研ぎ師人情始末（十一）」　おもな登場人物

荒金菊之助……日本橋高砂町の源助店に住む研ぎ師。父親は八王子千人同心だった。

横山秀蔵……南町奉行所臨時廻り同心。菊之助の従兄弟。

五郎七……横山秀蔵の配下。

甚太郎……横山秀蔵の配下。

寛二郎……横山秀蔵の配下。

次郎……菊之助と同じ長屋に住む箒売り。瀬戸物屋「備前屋」の次男。横山秀蔵の探索を手伝うようになる。

志津……菊之助の女房。

清次……一人働きの仕立職人。

佳代……呉服商〈高田屋〉に雇われている針妙。清次の恋人。

金右衛門……提灯屋〈上下屋〉の主。

南兵衛……質屋〈千歳屋〉の主。

濡れぎぬ

——〈研ぎ師人情始末〉(十一)

第一章　仕立《したて》屋

一

櫺子格子《れんじごうし》から流れ込む涼風といっしょに、どこかで奏《かな》でられている三味線《しゃみせん》の音が聞こえていた。その店の二階座敷からは、薄闇に包まれた日本橋川《にほんばしがわ》を望めた。昼間は荷舟や猪牙舟《ちょきぶね》、あるいは魚河岸《うおがし》に出入りする漁師舟がさかんに往き来しているが、暮れ六つ（午後六時）を過ぎたいまは舟の姿は見られなかった。

つい先ほど、舟提灯《ふなぢょうちん》を点《つ》けた猪牙舟が一艘《そう》下っていっただけだ。川面には河岸場の近くに立ち並ぶ居酒屋や料理屋の明かりが、赤い帯を引いたように揺れていた。

そこは小網町《こあみちょう》一丁目、思案《しあん》橋に近い小体《こてい》な料理屋だった。店の名は〈伊呂波《いろは》〉

といった。

仕立《したて》屋の清次《せいじ》はさっきから落ち着きがなかった。階段に足音がするたびに、そちらに目を向け、表の道にもせわしげに目をやっていた。

通りには提灯を持った男女が行き交っていた。無論、ひとり歩きもいれば、仲間と連れだって歩く職人もいるし、侍の姿もある。

清次には心に決めていることがあった。今夜はそのことを告白しなければならない。さっきからちびちびと一人酒をやっているが、なかなか待ち人はやってこない。

また、階段に足音がした。背筋を伸ばし、間仕切りの衝立《ついたて》から顔をだすと、二階にあがってきた女がいた。にわかに清次の頰《ほお》がゆるんだ。

「こっちだ」

声をかけると佳代《かよ》の顔も嬉しそうに微笑《ほほえ》んだ。

「ごめんなさい。急な仕事を頼まれてしまったの」

遅れた言い訳をして清次の前に座った佳代は、ほっとした顔をした。薄化粧に油を使わずに結いあげた水髪《みずかみ》。茶みじんの艶《つや》なし上田《うえだ》に、黒繻子《くろじゅす》の帯を結んでいる。一見地味だが、当今《とうこん》はこれが粋《いき》とされていた。それに佳代はまだ若い。肌はつやつやと張りがあり、色も白いし、目はくっきりと澄んでいた。

「仕事が忙しいというのはいいことだ」

「清次さんはそうでもないの？」

「そんなことはないが……早速料理を運ばせよう。腹が減っているんじゃないか」

「わたしより、清次さんでしょ」

佳代が悪戯《いたずら》っぽく笑うと、清次は苦笑いを返し、女中を呼んで料理を運ばせた。店は魚河岸に近いので、活《い》きのいい魚料理をだしてくれる。清次はこの店がうまい刺鯖《さしさば》を食わせるのを知っていた。背開きにした塩鯖を二枚重ねで串を通してある。盆の贈答にも使われ、能登《のと》産で青紫の肌を上とした。

伊呂波の刺鯖は能登産ではないが、近所では評判であり、時季になると食道楽が足繁く通う。焼いた刺鯖はなんとも美味なのだ。

料理が運ばれてくると、二人は盃《さかずき》を傾けつつ、刺鯖を賞味した。膳部《ぜんぶ》には香《こう》の物と汁物、そして蓮飯《はすめし》がのっていた。

「それで清次さん、なにか話があるんじゃなかったの……」

料理を食しながら酒を飲み、他愛《たわい》ないことを話していたが、佳代が痺《しび》れを切らしたように見てきた。

「うむ……」

清次は酒をあおってから、手の甲で口をぬぐった。佳代がまっすぐ見てくる。行灯《あんどん》の明かりが、ぽっと赤くなっている片頬を染めていた。

「お佳代ちゃんにいつまでも高田《たかだ》屋の仕事をやらせておきたくないんだ」

「……」

佳代は本町《ほんちょう》二丁目にある呉服商高田屋に雇われている針妙《しんみょう》だった。針妙とは大店《おおだな》において、繕《つくろ》い物や仕立て仕事をする裁縫掛《さいほうがかり》のことだ。遊里吉原《よしわら》の娼家《しょうか》にも裁縫掛はいるが、こちらは「お針《はり》」と呼んだ。

「その、おれの仕事を手伝ってくれないかと思って……」

「仕事を？」

佳代は小首をかしげた。その瞳はまっすぐ、清次に向けられたままだ。

「いや、その……」

いざとなると、なかなか切りだすことができない。清次は指先で額の汗をぬぐい、酒に口をつけて、居ずまいを正した。隣の席で酔った客が、げらげらと楽しそうな笑い声をあげた。

「おれといっしょになってほしい。おれは駆け出しの仕立屋だが、お佳代ちゃんは腕のいい針妙だし、いっしょにやればもっと店を大きくすることもできる、そう思うんだ」

佳代はうつむいて短い間《ま》を置いた。

「仕事のためだけに、いっしょになりたいの？」

「あ、いや違う。その、幸せにしてやりたいんだ」

佳代の顔がぱあっと花が開くように明るくなった。

「おれの嫁に来てほしい」

清次は少し下がって両手をついた。

「だめならだめとはっきりいってくれ」

「……ううん。喜んで受けさせていただきます」

「ほ、ほんとに、いいのかい？」

「もっと早くいってほしかったわ」

清次は佳代の微笑みを見て、胸を熱くした。

「きっと幸せにしてみせる。そうだ、祝いの盃を」

清次が盃をだすと、佳代が酌《しゃく》をした。清次も酌を返して、二人で盃を掲げた。

それから先は、祝言《しゅうげん》はいつがいい、誰を呼ぶ、住まいをどうするかという夢のある話になった。明るい話題は尽きない。いつしか、宵《よい》五つ（午後八時）を過ぎていた。

「こんなことは慌《あわ》てて決めてもしようがない。またじっくり相談しよう」

「ええ、喜んで」

店を出たのはそれからすぐだった。

「もうすぐ七夕《たなばた》ね」

歩きながら佳代がつぶやいた。二人は思案橋を渡って堀川《ほりかわ》沿いに歩いていた。

「そうだね。大きな短冊《たんざく》でも作ってやるか」

「わたしと清次さんの……」

清次はさっと佳代を見て、もちろんだといった。着物の袖と袖が何度もふれあった。そのたびに、清次は佳代の手をつかみたい衝動に駆られたが、そうすることはできなかった。ただ、嬉しさと興奮で鼓動は高鳴ったままだ。

「それじゃ短冊を作ったら、大川《おおかわ》の土手に飾りましょうか」

「大きな竹を見つけて、それにおれとお佳代ちゃんのことを飾り付けよう。誰にも負けない立派な竹飾りを作るんだ」

清次が嬉しそうにいうと、佳代も楽しそうな笑みを返してきた。

佳代が住んでいる新和泉町《しんいずみちょう》の長屋の表まで来ると、

「おっかさんにもよろしく伝えてくれ」

といって、清次は立ち止まった。

「会っていく？」

「いや、今夜は酒を飲んでいるから、今度あらためてしらふのときに、きちんと挨拶《あいさつ》するよ」

「そうね。それじゃ、気をつけて帰ってね」

佳代は木戸口まで行くと一度立ち止まって、名残《なご》り惜しそうに清次を振り返った。

「またな」

清次が声をかけると、佳代は小さくうなずいて、長屋の路地に消えていった。

その佳代の姿が見えなくなると、ふっと、小さく息を吐いた。そのまま喜びに満ちた目を夜空に向けた。空一面にちりばめられた星たちがまたたいていた。まるで自分と佳代の幸せを喜んでいるようだった。

佳代の長屋に背を向けた清次は、後ろ髪を引かれつつ家路についた。卣を兼ねた自宅は小網町一丁目横町《よこちょう》にあった。表店《おもてだな》ではなく脇店《わきだな》である。暗くて人通りのない淋しい場所だ。

と、しばらく行ったとき、左手の稲荷堀《とうかんぼり》沿いの道に動くものがあった。ちょうど銀座の裏側である。そして堀の反対側は、播磨《はりま》国姫路《ひめじ》藩酒井《さかい》雅楽頭《うたのかみ》中屋敷の裏塀となっている。夜ともなれば、すっかり人足の絶えるところだ。

「ひッ。やめろ」

暗闇の奥でそんな声がして、二つの影が重なった。

二

立ち止まった清次は、はっと息を呑んだ。目を見開いて、闇の奥に目を凝《こ》らすと、影のひとつがゆっくりくずおれた。そして、もうひとつの影はまわりを見ると、一瞬、清次に気づいたらしく、さっと身をひるがえして堀沿いの道を駆け去っていった。

清次はどうしようかと躊躇《ためら》い、まわりを見たが人の姿はない。堀沿いの道には人が倒れている。いやな予感はしたが、見に行かなければならないという気持ちに押されて、小走りに駆けた。

「もし、もし……」

近づいて声をかけ、提灯をかざした。

男は地に伏しているが、死んではいない。

「もし、どうされました？　大丈夫ですか？　もし……」

清次は男の肩にそっと手を触れ、顔が見えるようにした。蒼白《そうはく》な顔が、清次の持つ提灯の明かりに浮かんだ。

「あ、旦那は……」

清次は驚きの声を漏らした。提灯屋の主・金右衛門《きんえもん》だったのだ。

「旦那、しっかり、しっかりしてください」

声をかけるが金右衛門はぐったりしているだけだ。清次は助けを呼ばなければならないとまわりを見るが、人の気配はない。今度は金右衛門の脇の下に腕を入れて、

「旦那、歩けますか？　いま家に連れて行ってやります」

そういったとき、脇の下に手を入れた清次の指先がなにかに触れた。生温《なまぬる》いものだ。はっとなって手を抜くと、その指先にべっとり血がついていた。

「誰です？　誰にやられたんです？」

聞いても金右衛門は返事をしない。とにかく早く手当てをしなければ、金右衛門が死ぬと思った。片膝をついて、金右衛門を抱え起こそうとしたとき、表の道に提灯の明かりが見えた。清次はとっさに助けを呼ぼうとしたが、気を失っていた金右衛門が意識を取り戻したらしく、苦しそうなうめきを漏らして動いた。

そのせいで、清次は膝を崩して尻餅をついてしまった。表道にいた男が、恐る恐るといった足取りで、こっちに近づいていた。

「……あんた……」

と、金右衛門が声を漏らして、うつろな目を清次に向けた。

「旦那、気づきましたか、大丈夫ですか？」

「どうしました？」

やってきた男が提灯をかざして、清次と金右衛門を見た。清次が誰かに刺されたのだといおうとしたとき、金右衛門がまたつぶやきを漏らした。その目は清次に向けられていた。

「あんた、あんたが……なぜ……」

金右衛門はそうつぶやいて、がっくりうなだれた。事切れたのだと思った清次は、その衝撃で声を失ってしまった。

「あんたが……」

やってきた男がそんなことをいった。清次がその男を見ると、恐怖におののいたような顔をして後ずさった。清次は誤解されていると、とっさに思った。

「違う、おれじゃない……」

「ひ、人殺し……」

やってきた男はそんなことをいって、さっと身を翻《ひるがえ》すと一目散《いちもくさん》に逃げていった。

「違う、おれじゃない。違うんだ！」

立ちあがって、逃げる男に呼びかけたが、その姿はすぐに見えなくなってしまった。あきらめて、金右衛門の死体に視線を戻したとき、とんでもないことになったと思った。

自分は人殺しに間違われたのかもしれない……。

そんな馬鹿な、と内心で否定するが、さっきの男はきっと勘違いしている。そうなればどうなる？　このままここにいれば、もっとひどいことになりはしないか？　どうすればいいのだ……。さっきの男が自身番《じしんばん》の番人たちを連れてくるのを待つか……。いや、待っていたら、下手人にされてしまうのではないか。

下手人……。清次は顔をこわばらせた。まさか人殺しの下手人に……。違う、おれはなにもしていない。下手人は……。

清次は下手人が逃げていった道の先を見た。誰もいなかった。

「どうしたらいいんだ……」

清次は泣きそうな声を漏らして、途方に暮れた。なによりもあとからやってきた男が、自分のことを人殺しだと思って逃げたことが、清次を混乱させていた。さらに、足許《あしもと》には知り合いが死んでいる。とても冷静でいることができなかった。

気づいたときは、殺された金右衛門を置き去りにして、町屋の通りを急ぎ足で歩いていた。心《しん》の臓《ぞう》は早鐘《はやがね》のように打ちつづけており、頭のなかに浮かぶ考えはいっこうにまとまりがつかなかった。


「待って」

その声で、清次は我に返った。知らず知らずのうちに佳代の長屋に戻り、戸をたたいて声をかけていたのだった。なぜ、佳代の長屋に駆け込んだのか、清次は自分でもよくわからなかった。ただ、いま頼れるのは佳代しかいなかった。

腰高障子《こしだかしょうじ》が開いて、佳代の嬉しそうな笑顔が目の前に現れた。

「ちょっと相談したいことがあるんだ。いいかい」

蒼白《そうはく》な顔のまま佳代を表に連れだすと、ついさっき自分が見たことと、あとからやってきた男が、自分を人殺しだと間違えて逃げたことを話した。

黙って聞いていた佳代の表情がだんだんこわばっていった。

「それで、清次さんは下手人を見たの？」

「見た。見たけど、顔は見ていない。だから誰だかわからないんだ」

「その金右衛門さんという人はまだそこに……」

「怖くなって、そのまま置いてきたんだよ」

「ほんとに死んでしまったの？　まだ、息があったんじゃないの？」

佳代にそういわれると、まだ生きているかもしれないと思った。

「わからない。死んだと思ったんだけど……」

「清次さん、生きているんだったら放っておけないじゃない。いまからでも遅くないから行って助けましょうよ」

「死んでいたら……」

「番屋に行って、正直にわけを話すしかないわ」

「信じてもらえるかな」

「なにをいっているの。だって清次さんが金右衛門さんを刺したんじゃないんでしょ？」

「そんなことするわけないじゃないか。だいいち、おれは刃物なんかなにも持っていないんだ」

「そうよね。とにかく戻ってみましょうよ」

「そうだな」

佳代に会って話したことで、清次は幾分気持ちを取りなおしていた。

稲荷堀沿いの道に来ると、遠くに視線を投げた。金右衛門が倒れていたあたりに目を凝らすが、なにも見えない。

「どこ？」

佳代も探る目で堀沿いの道を見ていた。

そのまままっすぐ歩いてみたが、金右衛門の体は跡形もなく消えていた。

「ない……どうして……」

疑問をつぶやく清次はまわりを見た。

「死んでなかったんじゃないの。それで自分で歩いて帰ったんじゃ……」

佳代がそういうので、そうであればいいと清次は思った。ほんとにそうかもしれないと思うようにもなった。

「でも、怪我をしていたんだ」

清次はそういって、はたと自分の手が血で汚れていることを思いだした。その手を提灯にかざした。

「お佳代ちゃん、ほら見てごらん。これは金右衛門さんの血なんだよ」

佳代は血のついた清次の指を、まじまじと見た。

「怪我だけだったんじゃ……。だから歩いて帰ったのよ」

「………」

「それとも、誰かに助けられたのかしら」

清次は恐怖で喉がカラカラに渇いていることに気づいた。

三

翌朝は忙しかった。

清次はいつもより早く起き、井戸の水で顔を洗うと、朝飯も食わずに仕事にかかった。昨夜、佳代と約束していなければ、とうに出来上がっている仕立物《したてもの》があったが、好きな女に会える――しかも、大事なことを告白しなければならない――という浮かれ気分があったので、仕事が遅れていたのだった。

注文の仕立物は、どうしても今日中に納めなければならない。清次は針を動かしながら仕事に精をだしていたが、頭のなかには昨夜のことがどうしても浮かんでくる。

暗闇で倒れた金右衛門……逃げる影……手についた血……あとからやってきて、自分を下手人だと思い込み、逃げた男……道から消えた金右衛門……。

清次はこれから金右衛門の店に、様子を見に行ってみようかと思った。だが、仕事のほうが先であるし、まだ朝は早い。昨夜、佳代といっしょに稲荷堀の道に戻ったあとで、金右衛門の店に行ってみたが、変わった様子はなかった。

別段騒ぎになっているようでもなかったし、

「きっと清次さんの思い過ごしよ。その金右衛門さんが大怪我をしていれば、騒ぎになっているはずよ。怪我は思いの外《ほか》軽かった。だからひとりで歩いて帰ったんだわ」

という佳代の言葉に、そうかもしれないと、自分に都合のいいように解釈して勝手に納得したのだった。

だが、家に戻ってくると、やはり金右衛門のことが気にかかり、なかなか眠ることができなかった。そうこうしているうちに朝を迎えたのだが、昨夜のことは頭から離れない。仕事を片づけたら、一度、金右衛門の店に様子を見にいってみようと考えていた。

表戸は閉めているが、裏の雨戸は開け放している。裏には長屋の塀が迫っているが、猫の額ほどの庭があり、小さな梅の木が植わっていた。緑の葉に張りついた夜露が、静かに落ち、地面に降り立った雀たちがちゅんちゅんと、楽しそうにさえずっていた。

小網町一丁目横町という地だが、土地の者は誰もが横店《よこだな》と呼んでいた。南は姫路藩酒井雅楽頭中屋敷で、北は甚左衛門町《じんざえもんちょう》となっている片側町《かたかわまち》だから、そう呼ばれるのかもしれない。

障子にあたっていた光が、一瞬、消えて家のなかが暗くなった。何人かの人影が表に立ったのだ。しかし、その人影が去ると、また明るい日射しが障子にあたった。

清次は針を動かしながら金右衛門のことを気にしてはいるが、その一方で佳代との将来に夢をふくらませることも忘れなかった。

この家は六畳の間を仕事場に、奥の四畳半を居間を兼ねた寝間に使っている。独り暮らしなら充分すぎるが、佳代と住むとなると少し手狭《てぜま》だ。子供ができればなおのことであるが、当分は辛抱《しんぼう》するしかない。そのこともいずれ、佳代に相談しなければならなかった。もっとも、親子五人で四畳半一間の長屋に住んでいる者も少なくない。そんなことを考えれば、少し贅沢《ぜいたく》なことかもしれない。

とにかく、職人を雇えるような大きな店にしたいというのが清次の夢であった。

注文の仕立物は、間もなく仕上がった。ようやく終わったという安堵《あんど》で、汗も浮かんでいない額を手の甲でぬぐい、冷めた茶で喉を潤した。

仕上げに失敗したところはないかと、袖、身頃《みごろ》、襟《えり》と、順番に確認してゆく。なにより丁寧で、しっかりした縫いをするのが清次の仕事だった。「丁寧で丹念」を信条としているので、誤魔化《ごまか》した縫い方や一分《ぶ》の尺違いも自分に許さなかった。そんなことが客を増やす一因になっていた。店に名はまだつけておらず、仕立屋清次で通しているし、腰高障子にも、そう書いていた。

仕上げの確認を終えた清次は、着物を丁寧に折り畳み、客に届けるために畳紙《たとうがみ》に包んだ。最後に風呂敷にそれをのせたとき、戸口に人の立つ気配があり、

「いるかい？」

という声がかけられた。

「へい、どうぞお入りください」

と、声を返して商売用の笑みを浮かべると、「入るぜ」という声と同時に戸が引き開けられた。とたんに、潮が引くように清次の笑みが消えた。

「仕立屋の清次というのはおまえか？」

「そうでございますが……」

清次が顔をこわばらせたまま返事をすると、入ってきた町方が背後を振り返って、ひとりの男を見た。その男が、清次をじっと見つめて、

「間違いありません」

と答えた。

同時に、町方が清次に顔を戻して、表情を厳しくした。

「おれは北番所《きたばんしょ》の足立道之助《あだちみちのすけ》という。ちょいとそこの番屋に付きあってもらわなきゃならねえが、他に店の者はいねえか？」

「おりませんが、いったいなんの御用でしょう？」

「なんの御用……」

足立道之助はぎんと目に力を入れて、清次を射竦《いすく》めるようににらんだ。

「てめえの、ここに聞いてみりゃわかることだろうが。さ、ついてきてもらおう」

ここに、といったとき足立は、自分の胸のあたりを指先でつついた。

「ちょ、ちょっとお待ちを。いったいこれはどういうことなんでしょう」

「かまわねえ、引っ立てろ」

慌てる清次にはかまわず、足立は連れてきた手下に指図をした。表に控えていた小者《こもの》と岡っ引きがすぐに家のなかに入ってきて、有無をいわさず清次の腕をつかんだ。

四

その日は朝から、長屋総出で井戸のまわりに集まっていた。本来なら明日の七夕の朝に井戸替えをやるのだが、家主の手配が遅れたのか、それともこの時期忙しい井戸屋の都合で一日早まったのかはわからない。とにかく、高砂町《たかさごちょう》にある源助店《げんすけだな》に住まう男たちは、捻《ねじ》り鉢巻きに股引《ももひき》姿で井戸端にやってきて、

「さて、役割をどうするか」

と相談する。

女房連中は一汗かく男たちのためににぎり飯を作ったり、酒の用意をしたり、また酒の肴《さかな》を作るのに忙しい。

同じ長屋で研ぎ師を生業《なりわい》にしている荒金菊之助《あらがねきくのすけ》も、この日ばかりは股引に腹掛《はらが》け、半纏《はんてん》というなりで井戸端にやってきた。

「雨にも降られずに、いい日でよかった」

と、のんびり煙管《キセル》をくゆらせていうのは、髪結いの玄七《げんしち》だった。

「早くすませましょう」

遠慮がちにいうのは、薬研堀《やげんぼり》にある紙問屋の手代・九助《きゅうすけ》だ。店から半日しか休みをもらっていないらしく、昼には仕事に出なければならないという。

「なんだ締まりのねえ手代だぜ。年に一度の長屋の仕事じゃねえか。しけた休みしかくれねえ店なんざやめちまえ」

と、乱暴な口を利《き》くのは大工の熊吉《くまきち》だ。

長屋住まいの住人にとって、井戸はある意味で命綱である。井戸水があるからこそ、みんな暮らしてゆける。食べ物を洗ったり、食器を洗ったり、米を研ぐにも、雑巾をすすぐのにも水がなければどうしようもない。

女房たちは井戸端で四方山話《よもやまばなし》に花を咲かせ、いいことも悪いこともひっくるめて情報の交換をする。井戸が生活の中心といっても過言ではない。それだけ大事なものだから、年に一度、しかも七夕の日に、井戸替えをするのが江戸っ子の習慣となっていた。

これは七夕の飾りを、きれいな水に映すためだという説もあったが、要するに大事な井戸を大切にしようという心がけである。

菊之助は出しゃばることもせず、黙って住人たちの指示に従うことにした。先頭に立つのは、やはり熊吉である。

「おい、次郎《じろう》。おめえは若いんだから綱を引け。亀蔵《かめぞう》さん、あんたはもう歳なんだから見物してりゃいいよ。腰でも悪くされちゃ、おれが恨まれるからな」

と、てきぱきと指図をする。

気が短くて喧嘩《けんか》ッ早いのが玉に瑕《きず》で、再々隣近所に迷惑をかける熊吉ではあるが、こんなときにはみんなおとなしくしたがう。

まず、井戸を囲っている化粧板が外された。これは新しいものに取り替えられる。つぎに水を汲《く》む大桶を井戸のなかに入れてすくいあげるのだが、これが大仕事だ。大桶にかけられた綱は、木があれば丈夫な木の枝にかけて引きあげるが、木がなければ代わりの材木で足場を作らなければならない。

源助店には木がないので、足場を組むしかなかった。これもみんなで協力しあってやる。大桶を井戸に下ろして、どんどん水を汲みあげてゆく。

「それ、引っ張れ、もうちょいだ。力を入れねえか。手を抜くんじゃねえぞ」

熊吉が汗みずくになって音頭を取る。

菊之助もみんなのなかに入って、綱を引いた。汲み取った水はどぶに流すが、流れが悪いと、どぶ浚《さら》いもしなければならない。ついでに、腐ったどぶ板を替えてゆく者もいる。

井戸水が七割方汲みあげられると、本職の井戸屋の出番となって、井戸のなかに下り、井戸の内側を洗い、底に落ちているものを拾ってゆく。

それがすむと、底が見えるほど水を汲みほす。もっとも掘り抜き井戸なので、水はすぐにたまってくる。おおむね、これでいいだろうということになって、井戸屋が地上に戻ってくると、新しくした化粧板をもとに戻し、板戸で蓋《ふた》をして、そこに御神酒《おみき》と塩と米を供える。

「水神《すいじん》さん、水神さん、どうか来年まであっしらを見捨てねえでください。あっしらにいい暮らしを恵んでください。止めどねえ水のように稼ぎをどんどん増やしてください」

熊吉が手を合わせていうのを、みんなは微笑ましく眺めていた。

一仕事終えたときは、もう昼過ぎだった。男たちは井戸のまわりで、女房連中が作ったにぎり飯や料理を頬張《ほおば》り、酒を飲んだ。

いがみ合ったり、助けあったり、泣いたり笑ったりと忙しい長屋の連中も、この日だけはいっしょに力を合わせたという達成感があるのか、和《なご》やかである。

昼下がりになると、みんなは思い思いに自分の家に引き取ってゆくが、酒の勢いを借りて、どこかに飲みに行こうという者もいる。

「菊さん、たまには軽く行こうじゃありませんか。熊吉さんは、酔っぱらって家でひっくり返っての高鼾《たかいびき》です。ここは景気よくぱあーっとやりましょう」

呂律《ろれつ》もあやしく誘ってくるのは左官の栄吉《えいきち》だった。

「付きあってやりたいが、慣れない仕事でくたびれたし、いい加減酔ってしまった」

「そんなこといわねえで、行きましょうや」

「栄吉さん、おいらが付きあってやるよ。まだ飲み足りねえからさ」

助け船を出してきたのは、次郎だった。菊之助と知り合ったころは、あまり酒の飲めない男だったが、いまは「あいつァ、笊《ざる》じゃねえか」と、いわれるほどになっている。

「よし、おめえとも久しぶりだ。勘定はおれにまかしとけ」

栄吉はどんと、えらそうに張った胸をたたいた。

そんな姿にしかめ面《つら》をしているのが、女房のおそねだ。それに気づいた栄吉が、毒づいた。

「おいおい、蛸《たこ》みたいに口とんがらかしてどうしやがった。亭主に文句があるなら、正々堂々といいやがれ」

「ああ、大ありだよ」

「なにが大蟻《おおあり》だ。そんな蟻がいたら焼いて酒の肴《さかな》にしてやらあな。がははは！。さあ、次郎。行くぜ行くぜ」

栄吉は次郎の背中をたたき、女房の小言《こごと》から逃げるように長屋を出ていった。

それを見送った菊之助は、ふうと酒臭い息を吐いて自宅に足を向けた。

「今年も無事にすんでよかったですね」

家に帰ると、お志津《しづ》が笑顔で迎えて、新しい手拭いを渡してくれた。

「まわりの連中につられて飲みすぎたようだ。茶を淹《い》れてくれないか」

「あら、菊さんにしてはめずらしいこと……」

居間にどっかり座った菊之助に、お志津は一言いって茶を淹れにかかった。日は傾きはじめているが、この時期はまだ日足が長い。菊之助は仕事を後まわしにして、茶を飲んだら一寝入りしようと、昼寝を決め込んだ。

「わたし、隣町にちょっと行ってまいります」

「隣町……」

菊之助は茶を受け取って聞いた。

「大家さんから紹介してもらった高田屋の針妙さんですよ。袷《あわせ》の直しを頼んであるんです」

「そんなことをいっていたな」

「お佳代さんといって、気さくなだけでなく、よく仕事のできる人なんです。本町にある高田屋さんで働いているんですけど、内職で仕事を受けているんです」

「熱心なものだ」

「遅くなりませんから」

「ああ、ゆっくりしてくるといい」

微酔《ほろよ》いの菊之助は適当に答えて、ごろりと横になった。慣れない仕事で疲れたのか、あっという間に寝入ってしまった。

しかも起きたときは、すでに暗くなっていた。

縁側の外の闇を見ながら、つい寝過ぎてしまったなと、家のなかを見まわすが、お志津の姿がない。

……遅くならないといったくせに、なにを道草食っておるのだ。

内心でぼやいて、台所に立つと、鉄瓶の冷めた湯をついで飲んだ。煙出《けむだ》し窓の外には、とっぷりと夜の帳《とばり》が下りている。床下や軒先から虫の声がしていた。

急ぎの注文はないので、仕事は明日にするかと考えたとき、背後で声がした。

「どうしたんですか、暗いままではありませんか」

お志津が帰ってきたのだ。だが、ひとりではなかった。そばに若い女がついていた。それも薄暗がりのなかにあっても、美人だとわかる色白の女だった。

五

「お佳代さんとおっしゃるの。注文の直しはできていなかったんですけど、そのわけを聞いているうちにじっとしていられなくなって、連れてきたんです」

お志津がそういって佳代を紹介すると、

「お願いです、助けてください」

と、佳代が深々と頭を下げた。

いきなりのことなので、なんのことかわからない菊之助は、目をしばたたいてお志津を見た。

「じつはお佳代さんと契りを交わした人が、町方に捕まったらしいのです。しかも殺しの廉《かど》だといいます。ですが、お佳代さんは絶対そんなことはないとおっしゃるの」

「それは穏やかではないな……」

菊之助は顔をあげた佳代を見つめた。行灯《あんどん》の明かりに浮かぶ佳代は泣きそうな顔をしているが、目鼻立ちの整った女だった。

「なぜ、そんなことに?」

「思い違いされて捕まったのは、横店で仕立屋をやっている清次という人です」

「その清次といっしょになるはずだったんだな」

「はい。じつは清次さんに、そうしようといわれたばかりの晩のことでした」

佳代はその日、料理屋で清次の胸の内を打ち明けられ、承諾したあとからのことを、事細かに話していった。

「その金右衛門が殺された場所に戻ると、死体がなかった。そういうことだな」

「はい」

「それで、金右衛門という提灯屋は？」

「ほんとに殺されていたんです」

「……」

菊之助は腕を組んでしばらく黙り込んだ。話を聞けば、清次が殺したという証拠はない。ないが、また無実を証《あか》すものもない。

「お志津さんに聞いたんですけど、旦那さんは、御番所《ごばんしょ》にお知り合いがおられるそうではありませんか、なんとかその方に頼んでよく調べてもらえないでしょうか。ちゃんと調べてもらえば、清次さんの仕業《しわざ》ではないということがわかるはずです。お願いします」

佳代はもう一度両手をついて頭を下げた。

「そういわれても、わたしはただの包丁研ぎだ。御番所に知り合いがいるにはいるが、町方もそれなりに調べをしているはずだ。清次が本当に無実なら、いずれわかるはずだ」

「でも、町方の旦那さんたちは、無実を訴える清次さんの言葉をちっとも信用してくれないんです。このままでは本当に、あの人が人殺しになってしまいます。そんなことが、そんなことがあっていいわけがありません」

　佳代はにわかに興奮の声をあげた。

「……もちろん、無実の者が罰を受けるのは道理にあわない。しかし、無実ならその証《あかし》をちゃんと立てなければならない」

「そんなことはいわれずともわかっています」

　佳代は気の強い一面があるようだ。きっとした顔つきになって、語気強くいった。

「清次がお佳代さんを送り届けて、また訪ねてくるまでいかほどの時があった？」

「小半刻《こはんとき》(三十分)もありませんでした。わたしがおっかさんに、清次さんといっしょになりたいということを話してすぐのことでしたから……」

「ふむ」

　人を殺すのに、さして時間はかからない。菊之助はとりあえず否定的に考えるが、言葉には出さない。

「つまり金右衛門は、清次がお佳代さんを送り届けて、そしてまた訪ねてきた間に、何者かに殺されたということになるな」

「……」

「それで、死体がなくなっていたことに気づいた二人は、金右衛門が歩いて自宅に帰ったと思ったのだな」

「そうではないかと……」

「しかし、話を聞けば、金右衛門の店を訪ねて、安否《あんぴ》をたしかめた様子はないが……」

「あります」

佳代は遮《さえぎ》っていった。

「無事かどうか、たしかめるべきだと思って、二人で上下屋《じょうげ》の前まで行きました」

上下屋というのは、金右衛門の営んでいる提灯屋の屋号だった。

「行って、どうした?」

「店はしまっておりましたが、いたって静かでしたから、きっと無事だったのだと思ったんです。もし、大怪我をしているか、命に関わるようなことなら騒ぎになっているはずだから、きっと大したことはなかったのではないかと、そう思いました」

「それは誰がそう思ったのだ?」

「……わたしです。それで清次さんも、そうだなというので……」

「そのまま家に帰ったというわけか」

佳代は澄んだ瞳を大きくしたままうなずいた。

菊之助は腕を組んで、短く嘆息《たんそく》した。

「清次は提灯屋の金右衛門が、何者かに斬られたか刺されたのを見て、様子を見に行った。そこで大変なことになっていることを知り、助けようとしたが、そばを通りかかった男がやってきて、清次のことを下手人だと思い違いして逃げていった」

「……そうです」

「そして、その逃げていった男が番屋に知らせて、金右衛門を運び、明くる日にその男の証言で、清次が下手人の疑いでしょっ引かれた」

「はい」

「……その男のことを、お佳代さんは知ってるのかね?」

「元大坂町《もとおおさかちょう》にある庄衛門店《しょうえもんだな》の木戸番で、小兵衛《こへえ》という人です」

「庄衛門店の小兵衛……」

「伽羅稲荷《きゃらいなり》のそばにある長屋です」

「あの長屋か……稲荷堀に近いな……」

「旦那さん、勝手なお願いですけど、どうかどうか力になってくださいませんか」

再度頭を下げる佳代は目に涙を浮かべて、懇願した。

「わかった。どこまでできるかわからないが……」

菊之助はそう応じた。若くて美しい女に頭を下げられ、涙を見せられては、黙っているわけにはいかない。

六

その夜、堀江町《ほりえちょう》四丁目で千歳屋《ちとせ》という質屋を営む南兵衛《なんべえ》は、柳《やなぎ》橋で鯨飲《げいいん》して三軒目の店を出て、ふらふらした足取りで鼻歌をうたいながら歩いていた。

通りには料理屋の明かりが散じており、心地よい風が吹いていた。料理屋の二階でどっと沸いた哄笑《こうしょう》に、女たちの嬌声《きょうせい》がまじった。

「へへっ、女ってのは楽なもんだ。あくせく働いて稼いだ男に媚《こ》びを売って、ひっく……それで酒を飲ませてもらい、ひっく……金を稼げるんだからな」

酔った南兵衛は千鳥足《ちどりあし》でそんなことをブツブツつぶやいていた。手にした提灯が体といっしょにふらふら揺れている。前から来た女連れの男とぶつかりそうになって、

「おい、危ねえじゃねえか」

と、怒鳴られた。

南兵衛はなにかいい返そうとしたが、しゃっくりが出てしまい、男は通り過ぎていった。

「およしよ。ただの酔っぱらいじゃない」

と、男を窘《たしな》める女の声が聞こえた。

「馬鹿ぬかすんじゃねえ」

体をふらつかせながら後ろを振り返って毒づいた南兵衛は、そこでよろけてしまい、小間物《こまもの》屋の軒下にある天水桶《てんすいおけ》につかまらなければならなかった。

「へへッ、おれとしたことが、つい飲み過ぎちまったようだな」

へべれけではあるが、少しの理性は残っていた。

「親爺《おやじ》、大丈夫か？」

不意にそんな声がかけられて、南兵衛は振り返った。見も知らない男が立っていた。浪人のようだが、夜目にも白皙《はくせき》の顔をしている。

「ああ、これしき……ちょいと、過ぎただけですよ。どうぞ、おかまいなく」

南兵衛はふらふらした足取りでまた歩きだした。

「送ってまいろう。見ておれぬ」

背後から最前の浪人が近づいてきて、南兵衛の腕を取った。

「いやいや、ご親切ありがとう存じ……ひっく、ますが……どうぞ、おかまいなく」

「まともに歩けぬではないか」

「なんのこれしき……」

「家は遠いであろう」

「そんなことはありません」

南兵衛は浪人に腕をつかまれたままである。頭を振って、浪人の顔を見ようと提灯を掲げたが、酔いのせいでその顔をはっきり見ることができなかった。ぼんやり霞《かす》んでいるのだ。しかしながら、色の白い男だというのはわかった。

「ここからおぬしの家まで、半里（約二キロ）はあるだろう。それとも駕籠《かご》でも雇うか」

浪人は妙なことをいう。

「……お侍さんはわたしのことをご存じで？」

「知っておる。千歳屋の主《あるじ》、南兵衛であろう」

「……ひっく……はて……」

南兵衛は浪人の顔をしげしげと見ようとするが、やはり目はぼやけていた。

「どうする、駕籠を雇うか？」

「ご親切恐れ入りますが、わたしは歩いて帰りますので……ひっく……しかし、どこのどなたでしたでしょうか……ひっく……」

「少し夜風に当たってまいるか。そうすれば酔いも少しは醒《さ》めるだろう」

浪人は南兵衛の問いには答えず、つかんでいる手にぐいと力を入れて、篠塚《しのづか》稲荷の境内に足を向けた。稲荷社の隣は第六天《だいろくてん》である。

「いいえ、このまま帰りますので……どうか、手をお放しになってください」

「そうはまいらぬ」

浪人は力が強かった。南兵衛は抗《あらが》おうとするが、浪人は強引である。

「いったいこれはなんの真似です。まさか、わたしの財布を……」

「黙りおれ」

浪人は低いが強い口調でいって南兵衛を引っ張る。灯籠《とうろう》の明かりが、その白皙の顔を染めていたが、やはり南兵衛には霞んでしか見えなかった。それでも身の危険を感じて、

「妙な真似はやめてくださいよ。大声をだしますよ」

表通りには柳橋界隈《かいわい》の店で飲み歩く客や、芸者の姿があった。声をだせば、誰かが助けてくれるはずだった。

「手を、手をお放しになってください」

「………」

浪人は無言だった。南兵衛を参道に引きずり込むと、

「死んでもらおう」

といって手を放した。

突然のことに、南兵衛は我が耳を疑い、また信じられないように浪人を見た。

だが、酔いも手伝った老眼の進んでいる目では、よく見ることができない。ただ、その浪人の口許《くちもと》に、嗜虐《しぎやく》的な笑みが浮かんだのがわかった。

南兵衛はそのことで初めて戦慄《せんりつ》を覚えた。酒で火照《ほて》った体が、急に冷えるのを感じた。

「……か、金目当てでしたら差しあげます。命だけは……」

悲鳴をあげて助けを呼びたいが、声は震えるだけで、とても大声を出すことができなかった。

「金など……」

浪人はそういうなり、腰の刀を一閃《いっせん》させた。

南兵衛は逃げようとしたが、足がもつれて尻餅をつくことしかできなかった。

だが、尻餅をつく前に、南兵衛の首に、一筋の傷が走っていた。ただの一刀で、喉笛《のどぶえ》をかっ斬られたのである。

常夜灯になっている灯籠に、筆ではいたような鮮血が迸《ほとばし》った。

第二章　甚太郎

一

その翌朝、佳代は竹に吊るす短冊を書いていた。

「清次さんの濡れ衣を晴らしてください」「清次さんを返してください」「清次さん、すぐに戻ってきてください」「清次さん……」

なにもかもが清次を思ってのことだった。絶対に清次が殺しをするわけがない。間違いは必ず正さなければならないという強い思いがあった。現に、二日前の夕方、伊呂波で向かい合っているときのことを思いだしても、清次に人を殺すような素振りもなければ、そんな凶悪な顔もしていなかった。

これから人を殺そうという人間が、求婚するはずもない。清次の目はいきいきと輝いていたし、言葉にもその態度にも誠実さがあふれていた。含羞《がんしゅう》を帯びた顔には、自分といっしょになることを心から望む色があった。自分の返事を聞いた清次の顔には、喜びが満ちていた。それに、互いに将来に対する夢と希望を語り合ったのだ。

——どうしてこんな間違いが、清次さんの身に降りかからなければならないの。

佳代は短冊を書きながら、天を呪いたくなった。

「お佳代。あきれてしまうね、まったく」

不意の声で、佳代は母の里《さと》を振り返った。こめかみに頭痛膏《こう》を貼っている里は、佳代に蔑《さげす》むような目を向けた。

「なにがあきれてしまうの?」

「そんな短冊書いてもしようがないだろ」

里は吐き捨てるようにいって、煙管《キセル》を吹かし、茶を飲む。

「どういうこと……」

「決まってるじゃないのさ。清次って男のことだよ」

母の捨て鉢なものいいには険《けん》があった。佳代はそんな母をにらんだ。

「まさか、清次さんのことを下手人だと思っているんじゃないでしょうね」

里は冷め切った目で、立てた片膝に肘《ひじ》をのせて、煙管をぷかりと吹かした。

そうなのだと、佳代は思った。二日前の夜、清次のことを初めて話した。そのとき、里は若いながら仕立屋として独り立ちしている清次のことを褒《ほ》め、いい人を見つけたじゃないかと、喜んでくれた。その言葉の裏には、これで娘だけでなく婿からも金をせびることができる、養ってもらえるという計算が働いていた。

佳代はそういう母の浅ましさに、以前から辟易《へきえき》していたし、これまでも幾度も口論を繰り返してきた。だが、最後にはいつも佳代が折れるしかなかった。

「あんたを育てたのはいったい誰だと思うんだい。血のにじむ思いをして育てた親に向かって、生意気な口を利く親不孝者にいつなっちまったんだい。わたしゃ悲しくてしかたがないじゃないのさ」

里の殺し文句だった。

自分のことは棚に上げ、恩義を押しつける母親は最悪だった。だが、心のなかで反目しても、いつしか言葉には出さないようになっていた。無論、母が父《てて》なし子の自分を育てるために、いやな思いをたくさんしたことは知っている。

幼いころ、男が家によくやってきた。そんなとき、佳代はいつも同じことをいわれた。

「外に行って遊んできな」

そうやって家から締め出されたのだ。

しかし、幼いながら母がどんなことをしているのか、薄々《うすうす》気づいていた。苦しい家計の足しになるように母は、自分の身を犠牲にしていたのだ。もっと他にやり方があるはずだと思っても、それを口にすることはできなかった。

「あんたのためだからさ……」

男が帰っていったあとで、家に戻ると、そんなことをよくいわれた。

「だけど、よそ様に妙なことをしゃべるんじゃないよ。変な噂が立ったら、ここに住めなくなっちまうんだからね」

と、里は口止めすることも忘れなかった。

佳代が十四で奉公《ほうこう》に出るようになると、里は男を家に引き入れるのをぱたりとやめた。それは佳代の稼ぎをあてにしてのことだと、あとで気づいたのだった。

佳代はただ働きを強《し》いられる年季《ねんき》奉公に出たのではなかった。奉公すれば、すぐに給金をもらえる料理屋で働かされるようになったのだ。

もらった給金はすべて、里のものだった。佳代には小遣いが渡されたが、それは雀の涙でしかなかった。自分と同じ年頃の娘のように、身を着飾ることも、遊びに行くこともできなかったが、それを羨《うらや》んだりする暇はなかった。ただ、親孝行のできることが嬉しかったし、給金を受け取った里の喜ぶ顔を見ることが楽しみであった。

里は永年世話になっている小料理屋の仲居《なかい》をしていた。決して大きくはないが、面倒見のよい店だったし、里も働きやすかったようだ。

ところが、佳代が十八になると、里はその店をやめて、すっかり娘の金をあてにするようになった。昼間から酒を飲み、両国《りょうごく》に芝居見物に行ったりと、すっかり遊び癖がついてしまったのだ。金遣いも荒くなり、佳代の給金では足りないことがあった。

そのために、佳代は内職をする羽目になった。それが、高田屋の針妙だった。幼いころから裁縫は得意だった。十歳になったころには、里の浴衣《ゆかた》を仕立てたほどである。そのとき、里は佳代の腕を褒めちぎった。

「あんたにはすごい才能がある。こんな浴衣を仕立てるなんて、滅多《めった》な子にできるもんじゃないよ。あんたはえらいよ。えらいどころじゃない、なんだか知らないけど天から授けられた腕を持っているんだよ」

子供は褒められると、ついその気になる。それは佳代も同じで、ますます裁縫仕事にのめり込んでいった。暇があれば、一心に縫い物をするようになったのだ。継《つ》ぎ接《は》ぎはもちろん、古くなった前垂れをいくつか合わせて、すっかり新調したような着物を作ったこともある。

近所にもそのことは評判になり、たまに子供のお仕着せを縫ってくれないかという注文もあった。だからといって、それで生計《たつき》の足しになるわけではなかった。だから、佳代は料理屋に出されたのである。

しかし、子供のころから培《つちか》った裁縫の腕は、佳代の身を助けることになった。つまり、それは里の稼ぎにもつながることだったが、高田屋で半年も針妙として雇われ仕事をするようになると、高田屋の主・市兵衛《いちべえ》が、

「どうだい、そろそろうち一本にして働いてみる気はないかい。おまえさんほどの腕があるんだったら、うんと給金をはずんでやれるんだがね」

と、誘いかけてきたのだ。

佳代は目を輝かせた。じつは早くそうしたいと思っていたのだ。それで、いくらの給金をいただけるのかと、遠慮がちに聞いてみた。市兵衛が口にしたのは、佳代にとって破格の給金だった。料理屋と、ときどきやっている針妙仕事を合わせたよりもよかったのだ。

佳代が二つ返事で承諾したのはいうまでもない。もちろん、そのことを里は喜び、またそうすることを大いに勧めた。その裏に、これでもっと自分は楽になれると思う里の卑《いや》しい気持ちがあったのにも、佳代は気づいていたが、なにより好きな仕事で暮らしがよくなるなら断ることはなかった。

だが、そのころから、佳代は里の卑しい気持ちを諭《さと》すようなことを口にしはじめた。母と娘の対立がはじまったのは、そのときからだった。ところが、高田屋で針妙として働きはじめて三月後に、里が突然倒れ、死の淵を彷徨《さまよ》った。医者の見立ては心《しん》の臓《ぞう》が弱っているということだったが、江戸の三大病のひとつ脚気《かっけ》だった。

さいわい大事には至らなかったが、里の足はしびれたままで、ときどき脈が速くなり、床に伏せるようになった。

そのことで、佳代はますます発奮《はっぷん》して働かなければならなかったが、里は体調がよいと、娘の目を盗んで酒を飲むようになった。そんなときは決まって咎《とが》め立《だ》てするのだが、里の嗜好《しこう》はいまでも変わることがない。

もうなにをいっても無駄なのだから、好きなようにさせよう。佳代はあきらめてそう思うようになり、近ごろでは小言もいわなくなっていた。ただし、高田屋でもらう給金は佳代が管理するようになった。

「清次って男は罪人になっちまったんだよ。そんな男のことを思ってどうするんだい」

里は立て膝のまま煙管を吹かして、言葉を足した。

そんな里のことを、佳代は強くにらんだ。

「……なんだい、その目は。あたしゃ、おまえのためを思っていってるんだ。親の言葉を素直に受けられなくてどうするよ。大事な娘を、罪人にやるわけにはいかないんだ」

「この間は喜んでくれたじゃない。そんな立派な男なら、熨斗《のし》をつけてでももらってもらいたいといったじゃない」

もっとも、里はそのあとで、その清次って人はちゃんとわたしの面倒を見てくれるんだろうねと付け足すのを忘れはしなかったのだが。

「いったさ。あんたの話を聞いて、いい人を見つけたと思ったからね。ところが一晩明けたら、殺しの下手人じゃないか」

「清次さんは下手人じゃないのよ。人間違いされているだけなのよ。だから、わたしは必死にあの人を救おうと思っているんじゃない。どうして、そんなことがわからないの」

「あきれるね、あんたのお人好しには。悪さをしていない人間がどうして、町方にしょっ引かれるんだい」

「だから、それは間違いだっていってるでしょ」

佳代は手にしていた短冊を膝許にたたきつけた。

「ああ、わかったよ。百歩譲ってあんたのいうように間違いだったってことにしよう。だけどね、一度小伝馬町《こてんまちょう》に入った男のことを世間はどう見るかね。……決していい目で見られやしないよ。人の口に戸は立てられないんだ。たとえ、あんたがいうように無実だったとしても、他人はそうは見てくれないさ」

「……………」

「どっちに転んだところで、傷ものじゃないか。そんな男のことを思って、なんの得があるというんだい。さっさとあきらめちまうことだね」

佳代は母を冷え冷えとした目で見つめた。同時に、胸の内に悲しみが広がった。やはり、この母親はどこか狂っている、なにか心得違《こころえちが》いをしているとしか思えなかった。それが血のつながった親だから、なおさら歯痒《はがゆ》くて悲しいのだった。

佳代は口を引き結んで、目の縁に盛りあがってきそうになる涙を堪《こら》えた。

「なんだい。あたしは間違ったことはいってないはずだよ。さあ、そろそろ店に行かなきゃならないんじゃないか」

佳代はそれまで書いた短冊をかき集めると、さっと立ちあがって、家を出た。

二

その朝、

「菊さん、お佳代さんのこと頼みますよ。話だけではわからないかもしれませんけど、清次さんはやはり下手人ではないと思うのです」

と、お志津にいわれた菊之助は、同じ長屋にある自分の仕事場に出かけてきたのだった。菊之助も佳代の話を聞いて、清次の仕業にしてはおかしなところがあると感じていた。

一度、仕事場に入ってから次郎をたたき起こした。

「いつまで寝ている。そろそろ起きないか」

次郎はひどい宿酔《ふつかよい》の顔をしていた。

「起きたくても、起きられないんですよ。気持ち悪くて……」

「自業自得《じごうじとく》だ」

「わかっちゃいますけど……。栄吉さんの調子にあわせちまったばかりに、ううう、気持ち悪《わり》ぃ……」

次郎は吐きそうな顔をした。

「仕事はいいのか？」

「へえ、今日は休みます。横山《よこやま》の旦那の手伝いもありませんし……」

次郎は喉を鳴らして水を飲んだ。普段は箒《ほうき》売りをしているが、南町奉行所の臨時廻《りんじまわ》り同心・横山秀蔵《ひでぞう》の手伝いもしている。いまや、どっちが本職なのかわからないほどだ。

菊之助は水を飲む次郎を醒《さ》めた目で見て、

「頼みごとがある」

といった。

「なんでしょう？」

「秀蔵に会いたい。今日はどこに行けばやつに会える」

次郎は青ざめた顔で、しばらく考えてから、

「朝のうちは御番所だと思いますが、見廻りに出ているかもしれませんね」

と、すっかり明るくなっている表を見ていう。

「捜してきてくれないか。どこにいるかわかれば、こっちから出向くので、会えたらそう伝えてくれ」

「はあ、わかりました」

気乗りしない顔ではあったが、次郎は素直に応じて、間もなく長屋を出ていった。

仕事場に戻った菊之助は、一度戸口の前で立ち止まり看板をなおした。それには、「御研ぎ物」と大きく書かれており、脇に「御槍　薙刀《なぎなた》　御腰の物御免蒙《こうむ》る」と添え書きされていた。

看板をなおして、仕事場にあがり、蒲《がま》の敷物に座り、包丁を手にしたが、すぐには研ぎにかからなかった。刃こぼれのある刃先を眺めて、佳代から聞いたことを頭のなかで反芻《はんすう》した。

……やはり、おかしなことだ。

と、胸の内で思った。しかし、佳代のいったことをすべて鵜呑《うの》みにしているわけではなかった。だから、秀蔵に会って話をしてみようと考えたのである。

急ぎの研ぎ仕事はなかったが、それでも注文を受けている十数本の包丁があった。砥石《といし》を並べ、半挿《はんぞう》や水盥《みずだらい》を準備して、おもむろに仕事にかかった。

秀蔵を捜しに行った次郎が戻ってきたのは、四本の包丁を研ぎ終えた昼四つ（午前十時）過ぎだった。歩きまわって汗を流したせいか、次郎の宿酔は治っているようだった。

「運良く、五郎七《ごろしち》さんに会ったので、横山の旦那の居場所がわかりました」

次郎は上がり框《かまち》に腰をおろして、ハアハアと息を喘《あえ》がせた。

「どこにいる」

「へえ。それが、昨夜殺しがあったらしく、その調べをしているらしいんです」

「どこでだ？」

「柳橋です。殺されたのは質屋の主《あるじ》だといいます」

「それじゃ、番屋に詰めているということか……」

「そのようです。おいらも行きますよ。こうなりゃ、横山の旦那からお呼びがかかるのは目に見えていますからね」

「どこの番屋かわかるな」

「へえ、ちゃんとわかっていますよ」

仕事場を出たのはすぐだ。

秀蔵に聞き込みにまわられては面倒なので、菊之助は足を急がせた。向かうのは浅草下平右衛門町《あさくさしもへいえもんちょう》の自身番である。

それにしても七夕の飾りが目立った。今日がその日だからであるが、浜町堀《はまちょうぼり》にも神田川《かんだがわ》沿いの道にも、短冊を吊るしたいくつもの篠竹《しのだけ》があった。これは通りだけでなく、各長屋の井戸端にも飾ってあった。

浅草橋を渡り、下平右衛門町の通りに曲がったとき、先のほうに秀蔵の背中が見えた。長身で、着流した着物の裾《すそ》をひるがえして颯爽《さっそう》と歩く姿はひと目でわかる。それに、そばには小者の寛二郎《かんじろう》と甚太郎《じんたろう》の姿もある。

「秀蔵……」

小走りで追いついた菊之助が声をかけると、秀蔵が振り返って立ち止まった。

「なんだ、おめえか」

と、ぞんざいな言葉を返してきた。従兄弟《いとこ》同士の幼馴染《おさななじ》みであるから、互いに遠慮のない口を利く。

「ちょいと相談したいことがあるんだ」

「急ぎじゃなかったら、あとにしてくれ。おれはそれどころじゃないんだ」

「わかっている。手間はかけない」

秀蔵は一度まわりを見まわしてから、それじゃついてこいと顎《あご》をしゃくった。

そのまま柳橋を渡り、下柳原同朋町《しもやなぎわらどうぼうちょう》の茶店の縁台に腰をおろした。

「手短に頼むぜ」

秀蔵は店の女に麦湯を注文してから、菊之助に顔を向けた。

「二日ほど前のことだが、稲荷堀で上下屋という提灯屋の主が殺された。下手人は清次という仕立屋とされているが、聞いているか」

「ああ」

「その清次には許嫁《いいなずけ》がいる。お佳代という若い娘だ。これはお佳代から聞いた話なのだが、腑《ふ》に落ちないことがある」

菊之助はそういってから、昨夜お佳代から聞いたことを、要点をかいつまんで話した。

秀蔵はその間、一方を見ながら耳を傾けているようだったが、心ここにあらずの顔であった。それでも菊之助は話すことを話した。

「おれがおかしいと思うのは、もし清次が真の下手人なら、金右衛門を前もって稲荷堀に呼び出しておくか、なんらかの約束をしておかなければならないということだ。もちろん、偶然出会って殺したということも考えられるが、もしそうなら、清次は前々から金右衛門になんらかの恨みがあったと考えなきゃならない。だが、そのようなことはないらしいのだ」

「それは誰がそうだというんだ？」

「お佳代だ」

「そうかい。まあ、おまえが腑に落ちないというのが、どういうことだかはわかった。だが、無駄なことだ」

「無駄なこと……？」

菊之助は小首をかしげた。

「ああ、無駄だ。清次は金右衛門殺しを認めている」

菊之助はしばし絶句した。

三

「そりゃ、本当だろうな」

「おれがおまえに嘘をいってなんになる。いまは牢屋敷に留め置かれているが、どっちにしろ死罪は免《まぬか》れぬ。……ま、そういうことだ。悪党に逃げ道はないってことだ」

秀蔵は菊之助の肩をぽんとたたいて立ちあがり、待たせていた小者の寛二郎らをうながして、両国のほうへ歩き去った。

「菊さん、大丈夫ですか?」

ぼんやりしていると、次郎が心配そうな顔を向けてきた。

「ああ、おまえか……」

「いったいどうしたんです?」

「どうもしないが、わからぬ……。それより、おまえ行かなくていいのか」

「行きますけど、もういいんですね」

「おれのことは気にするな。秀蔵の手伝いがあるだろ」

「へえ、それじゃここで……」

次郎は秀蔵たちのあとを追って駆けていった。

ひとり取り残された恰好の菊之助は、高く晴れ渡った空をあおいだ。

――本当に、清次が下手人だったのか……。

胸の内でつぶやきを漏らした菊之助は、やはり納得のいかない顔で立ちあがった。


「え、それじゃ、清次さんが下手人だってことですか？」

菊之助の話を聞いたお志津も、驚きを隠しきれない顔をした。

「秀蔵がいうのだ。間違いないだろう」

「でも、お佳代さんから聞いたかぎり、清次さんに罪はないように思うのですけど……」

「好きな男のことを思って庇《かば》っているのかもしれぬ」

「ほんとにそうかしら……」

「本人がそうだと認めてしまえば、しようがないだろう。それより、このことをどうする？　お佳代さんに話さなければならないが……」

「困りましたわ」

お志津はすっかり弱り切った顔をした。

「ま、いい。折を見てわたしから話そう」

菊之助はそういって、麦湯に口をつけた。気の重い役目は自分が引き受けるしかない。

「そうしていただければ助かりますけど……」

南側筋にある自宅を出た菊之助は、日当たりの悪い北側の長屋にある仕事部屋に入った。蒲の敷物に座ると、おもむろに仕事にかかったが、佳代から聞いた話が、頭のなかで浮かんだり消えたりした。

それから秀蔵のいった言葉が脳裏に甦《よみがえ》った。

――清次は金右衛門殺しを認めている。

清次を捕縛したのは、北町奉行所の足立道之助という同心だが、この一件はすでに南町の秀蔵の耳にも入っていたのだ。ケチなかっぱらいや掏摸《すり》とは違って殺しであるから、南北町奉行所間で情報が行き交っているのだろう。

そして、清次のことを教えてくれた秀蔵は、新たな殺しの一件に関わっている。今日、その秀蔵が菊之助に助《すけ》を頼まなかったのは、まだ探索に行き詰まっていないからだ。もし下手人捜しが難航し、人手が必要になれば、菊之助にも話が来るだろうが、そうならないことを祈るだけだ。

腰高障子が傾いた日を浴び、橙《だいだい》に染まるころになると、長屋の路地が忙《せわ》しくなる。帰ってくる亭主のために夕餉《ゆうげ》の支度《したく》にかかるおかみ連中がいるし、それをあてこんだ棒手振《ぼてふり》がやってくるからだ。

日が暮れる前に、注文の包丁を研ぎ終えた菊之助は、仕事場を片づけて、

「これで暇になったな」

と、独り言をいった。

慌てて注文を取る必要はないが、暇になると手持ち無沙汰だ。明日は研いだ包丁を届けに行こうと決めて、仕事場を出た。

「……菊さん、もし本当に清次さんが下手人だったとしたら、清次さんと上下屋の金右衛門さんは関わりがあったはずですよね」

家に帰るなり、ぼんやり居間に座っていたお志津がそんなことを口にした。

「そりゃ、なんらかのつながりがなければおかしい。なんの関わりもない人を殺すやつは滅多にいるもんじゃない」

「それじゃ、どんな間柄だったのかしら?」

「それは……」

菊之助は口をつぐむしかない。

清次と金右衛門のことはなにも知らないのだ。

「お佳代さんに話す前に、少しぐらい調べてみたらどうでしょう……」

お志津は細面を菊之助に向け、まばたきもせず見てくる。

「だが、清次が罪を認めているからには……」

「無駄でもいいではありませんか。お佳代さんの身になって考えると、じっとしていられないのです」

お志津は菊之助の考えを先読みして遮った。

「ふむ。気休めでも、動いてみるか」

菊之助はお志津の気持ちを慮《おもんぱか》ってそういった。

家を出たのはすぐだ。向かうのは小網町三丁目の提灯屋・上下屋である。

菊之助は、元大坂町まで来て、稲荷堀を見ていこうと足を止め、堀沿いの道を眺めた。

右側は堀を挟んで姫路藩酒井雅楽頭中屋敷の長い裏塀《うらべい》、道の左は銀座の裏塀。その先も大名屋敷や旗本屋敷である。表通りと違い、人通りは極端に少ない。どの辺で金右衛門は殺されたのだろうかと足を進めた。件《くだん》の日に清次は提灯を持っていたらしいが、遠くまで見ることはできないはずだ。おそらく半町《ちょう》(約五五メートル)ほど先までしか夜目は利かないだろう。

するとこのあたりかと思って、暗い地面を見た。それからとろっと油を流したように穏やかな稲荷堀を眺めた。水面は空に浮かぶ星を映している。

そのとき、はたと遠くを眺めた。清次が下手人だといって町方に通報した木戸番がいたことを思いだしたのである。

その木戸番は、元大坂町は伽羅稲荷のそばにある庄衛門店の小兵衛。

菊之助はすぐにきびすを返した。

四

「ああ、あのことですか……」

木戸番小屋の表に出した縁台に腰掛けていた小兵衛は、菊之助をやぶにらみの目で見てきた。頭髪の薄い小太りの男だ。歳は四十前後だろう。

「おまえさんは、清次が金右衛門を襲うところを見たのだな」

「いや、そこは見ておりませんが……」

小兵衛は膝のあたりが痒いのか、さっきからさかんに掻いていた。

「見ていない？　それでなぜ清次の仕業だと思った？」

「それは……でも、ちょいと旦那、いったいなんなんです」

小兵衛は品定めするように菊之助を見た。その顔の半分は、番小屋に掛けられた提灯の明かりを受けていた。しわの深い男で、無精髭《ぶしょうひげ》を生やしている。

「おれは高砂町で研ぎ仕事をしている荒金という。気になるのは、少なからず清次を知っているからだ」

まだ清次に会ったことはないが、菊之助はそういっておいた。

「それで、なぜ清次が下手人だと……」

「そんなこと聞かれたって、あいつはもう自分がやったといったんじゃないんですか」

「裁きはまだこれからだ」

「そりゃそうでしょうが、てめえが殺したと白状したらしいじゃないですか。あっしは手柄を立てたと、町方の旦那に褒められてんです」

「まあ、それはそれだ。なにもおまえさんのことを疑っているわけじゃない。見たことをそのまま教えてくれないか」

小兵衛はあまり気乗りしない顔だったが、面倒くさそうに話しはじめた。

「あっしはちょいと酒を仕入れようと思いまして、小網町の酒屋に行く途中だったんです。それで、稲荷堀の道をひょいと……なんの気なしに見ると、提灯の明かりがあります。そこに男が二人、地面にしゃがみ込んでなにかぼそぼそやってるんで、妙だなと思って近づくと、金右衛門さんが苦しそうな顔で倒れておりまして、清次って男が襟をつかんでおどしてるようだったんです。それに、金右衛門さんの腹のあたりに血が見えたんで、あっしはギョッとなって、恐ろしくなったんです」

「それで……」

「どうしましたかって声をかけると、金右衛門さんがいまにも死にそうな顔で、清次を見ながら、あんたがなぜっていったんです」

「あんたがなぜ、と金右衛門がいったんだな」

「へえ。それで、これは清次って野郎が金右衛門さんを刺したんだと思って逃げたんです」

「そのまま？」

「へえ、そりゃおっかなかったですからね。とばっちりくって殺されでもしたら大変です。だから死に物狂いで逃げて、番屋に駆け込んだんです」

「……清次はなにかいってなかったか？」

「いってました。違う、おれじゃないっていうようなことを……。まあ、あんなときは誰でも同じことをいうんでしょう」

小兵衛はまた膝頭のあたりを、ぼりぼり掻いた。

「清次は自分がやったんじゃないといったんだな」

菊之助は小兵衛を凝視《ぎょうし》した。

「……まあ、そんなことを。なんですか、そんなおっかない目をしないでください」

「おまえさんは、金右衛門と清次を知っていたのか？」

「二人ともなんとなく町で見かけている顔でしたが、どこでなにをしているかまでは知りませんでした」

「それで、どうして二人のことがわかった？」

「金右衛門さんのことは番屋の人間が知っておりましたから……」

「清次のほうは？」

「それは、あっしがよく顔を覚えていたんで、町方の旦那といっしょに歩きまわっているうちに、それは仕立屋の清次だってことになったんです」

「なるほど、そういうことだったか……いや、妙なことで邪魔をして悪かった」

「いえ……」

木戸番小屋をあとにする菊之助は、清次が「違う、おれじゃない」といったということに引っかかりを覚えた。

無論、人殺しの現場を見られた者は、誰もが同じことをいうだろうが、佳代から聞いたように、助けようとしていたとしても、同じことを口走るはずだ。

菊之助はそのまま金右衛門の店に向かった。日本橋川沿いの道に出ると、河岸地や商家の店先に短冊や色紙、あるいは色紙で作った鼓《つづみ》や太鼓、西瓜《すいか》などを吊した篠竹が飾ってあった。星は満天に散っている。天の川はどれだと、菊之助は夜空をあおいだ。

金右衛門の提灯屋・上下屋は表戸を閉めてあった。隣近所には篠竹の飾りがあるが、上下屋にはなかった。

戸をたたいて訪《おとな》いの声をかけると、ほどなくして戸が開き、若い男が顔をのぞかせた。

「店はもう仕舞いなんですけど」

男は飯の途中だったらしく、くちゃくちゃやっていたものを飲み込んでからいった。

「客じゃないんだ。ちょいと金右衛門さんのことで教えてもらいたいことがあるんです」

とたんに、男の顔が険《けわ》しくなった。

「……なにも話すことはありませんよ」

「ちょ、ちょっと待ってください」

男が戸を閉めようとしたので、菊之助は慌てて引き止めた。

「いったいなんです?」

「わたしは高砂町で研ぎ師をやっている荒金と申します。その清次とはちょいとした知り合いで、件のことを聞きたいんです。金右衛門さんが不幸にあわれた矢先に失礼なのは、よく承知しています」

「なんなんです?」

「金右衛門さんと清次は、顔見知りだったんでしょうか?」

「親しいほどじゃありませんが、会えば挨拶する程度だったでしょう。お互い商売をやっているし、店も近いですから……」

「そうでしたか。いや、夜分に失礼しました」

もっと聞きたいことはあったが、相手があからさまに嫌悪感を示すので引き下がることにした。

五

「おっかさん、少しはお酒控えたらどうなの？　体にさわるわよ」

夕餉の膳を片づけながら佳代は苦言を呈した。

「少しぐらいなら薬さ。なにしろ百薬《ひやくやく》の長《ちょう》っていうぐらいだからね」

里はけろっといい返して、猪口《ちょこ》を口に運ぶ。

自分に都合の悪いことには、なにかと理屈をつけて、正当化しようとするのが里だった。そんな母親のことがよくわかっているので、佳代はしつこくいうことはなかった。またしつこくいえば、些細《ささい》なことで口論になってしまうのはよくわかっている。いいあいは疲れるし、もうさんざん懲《こ》りている。好きにさせておくのが、この母親にはいいのだと、佳代はあきらめていた。

今朝、仕事に出る前に、その母親にひどいことをいわれたが、もう口にしないことにした。ところが、洗い物を終えて居間に戻ると、

「あんた、あの短冊どうしたんだい。飾ったのかい？」

里は酔った目で佳代を見てくる。

「……捨てたわ」

佳代は力ない声でいって、視線をそらした。本当は店の篠竹に飾りつけたのだが、そういっておけば角《かど》が立たない。

「そりゃなによりだ。利口《りこう》なことだよ。さっさと罪人のことなんか忘れて、いい人を捜すことだね。いつまでも罪人にこだわっていると、ろくなことないからね」

罪人という言葉にかちんと来るが、佳代は小さなため息をついて我慢した。里との暮らしには我慢が必要だった。我慢しなければ、いがみあいの道しかない。それが、二度と会うことのない他人ならともかく、同じ屋根の下で暮らす母娘であるから一番の良策だった。

「おっかさん、ちょいと聞きたいことがひとつだけあるんだけど……」

「なんだい？」

「もし、わたしがいい人といっしょになって、別れて暮らすことになったらどうする？」

「別れて……。そりゃまあ、二人がそうしたいというのならしかたがないだろうね。だけど、あたしの面倒は見てもらわなきゃ困るよ」

里は歳よりも老けて見える顔を向けてくる。白目は酒のせいか、それとも脚気でそうなったのか、黄色く濁っていた。

「もちろん、そのつもりだけど、いいのね」

「つもりじゃ、だめだよ。別れて暮らすのはいいけど、面倒だけはきっちり見てもらうよ。それが親に対する恩返しというもんだろう」

恩着せがましいことをいうのは、里の悪い癖だった。佳代は子供ができても、決して同じようなことはいわないと心に誓っていた。それに、子供に面倒を見てもらうつもりはない。子供には子供の好きな道を歩いてもらいたい。

「よく、わかっているわよ」

佳代はそう応じてから、ちょっと出かけてくるといって腰をあげた。

「どこへ行くんだい？」

「注文の仕事が遅れているのよ。そのお詫びに行ってくるわ。遅くならないから」

「そうかい。それじゃ行っておいで」

家を出た佳代はいつものことだが、ほっとため息をつかずにはいられない。最近はとくにそうなってしまった。もう少し、できた母親ならいいと思う。望んでも詮無《せんな》いことだが、自分の食事代ぐらい稼げるはずなのだ。脚気の症状は一時ほどひどくないのだから、その気になれば手内職は充分にできる。だが、里はあくまでも娘の稼ぎをあてにしているし、死ぬまで面倒を見てもらうのが当然だと考えている。

できた母親なら「申し訳ない」とか「いつもすまないね」という言葉のひとつもいうはずだ。それなのに、里は佳代の給金を見て、今月は少ないんじゃないかとか、もっと給金を上げてもらうようにいったらどうだいと、守銭奴《しゅせんど》のようなことを口にする。

少しでもいいから感謝の気持ちを持ってもらいたいと思うが、それを口にすれば、それこそ何倍もやり返される。感謝しなきゃいけないのは、おまえじゃないか、あたしがどれだけつらくて苦しい思いをして、おまえを育てたと思ってるんだいと、母親の科白《せりふ》は聞くまでもなく予想できた。

源助店の木戸口を入って、路地を歩いた。子供を叱る親の声や、楽しそうに笑う家族の声が、開け放された戸口から漏れてくる。必ずしも裕福ではないが、そこにはささやかな幸せがあるのだった。

「こんばんは」

家の戸口に立って声をかけると、ひょいとお志津の顔がのぞいた。

「あら、お佳代さん。いま話していたところなのよ。どうぞお上がりになって」

佳代は恐縮しながら、居間に行って菊之助と志津の前に座った。

「明日でも会って話をしなきゃならないと思っていたところなんだよ」

茶を飲んでいた菊之助が静かに見てきた。研ぎ師を生業《なりわい》にしているが、この人にはどこか武家の匂いがあると、佳代は初めて会ったときから感じていた。それより、清次を救う手掛かりが見つかったのかもしれないという期待に、目を輝かせた。

「なにかわかったのでしょうか？」

「わかったことはいくつかある」

菊之助はそこでお志津を一度見てから言葉を足した。

「まず最初にいっておかなければならないことがあるが、決してあきらめないでもらいたい」

「なんでしょう」

「清次は自分が金右衛門を殺したと白状したそうだ」

「えッ？」

佳代は衝撃を受けるより先に、驚くしかなかった。そのまままばたきもせずに、実直そうでいて、一本芯の通った目をしている菊之助を見つめた。

「なぜ……」

というつぶやきが漏れた。

「気を落とすことはない。町奉行のお裁きはもう少し先のことだ。それに、町方の厳しい取り調べに、つい自分がやってしまったといったのかもしれない。ときどきそんなことがあるそうだ。御奉行のお裁きまでに、清次の無実を証すことができれば、牢屋敷から無事に出ることができる。それで、ひとつ聞きたいんだが、件の日にお佳代さんが清次と会ったときのことだ。清次は刃物を持っていたかね」

「刃物……いいえ、そんなものは……」

「たしかだな」

「ええ、そんなものは持っていませんでした」

「袖振り合うも他生《たしょう》の縁《えん》ではないが、乗りかかった船だ。お佳代さんは清次が無実だと信じているんだな」

「もちろんです」

「じつはわたしも、清次の無実を信じたい。いや、おそらくそうだと思うのだが、それを証すためにいろいろ調べてみたい。そこで早速だが、明日、小伝馬町の牢に行って、清次と面会をしたいのだ」

「面会……」

「それには許嫁のあんたがいなければならない。身内でなければ難しいことだが、そこはなんとか段取りをつけることにする。とにかく清次からじかに話を聞かなければならない。それがまずは肝要《かんよう》だと思うのだ」

「おっしゃることはよくわかります」

「それじゃ明日、いっしょに牢屋敷に行くことにしよう」

「はい、お願いします」

思いもよらぬ親切な対応に、佳代は思わず胸を熱くした。こんな人と知り合えてよかったと、心の底から思った。

六

翌朝、菊之助が佳代の住まう長屋の前にいくと、すでに木戸門のところにその姿があった。胸に風呂敷包みを持った佳代は、菊之助に気づくと小さく一礼した。

「今日はよろしくお願いいたします」

「うむ。店のほうは休みをもらえたのだな」

「はい、おかげさまで旦那様は話のわかる人で助かります。それでも昼からは出なければなりませんが……」

「それでは、まいろうか」

菊之助が佳代の持っている風呂敷のことを聞くと、清次の煙草と下着、それからにぎり飯だという。

「差し入れはいけないのでしょうか？　牢屋敷の前には差入《さしいれ》屋がありますけれど……」

「いや、別段かまわないだろう」

囚人への差し入れ――これを届け物といった――はわりと自由であった。そのために牢屋敷前には、塵紙《ちりがみ》・手拭い・食べ物などの差入屋が軒を並べていた。

届ける差し入れの品を、「牢見舞い」という。

「あの、荒金さんは、元はお侍さまなのではありませんか……？」

歩きながら佳代が顔を向けてきた。ときに気丈《きじょう》な一面を見せもするが、佳代の目には人の心を読み取ろうとする色が感じられる。

「なぜ、そんなことを?」

「所作《しょさ》や言葉つきから、それとなく……」

「親は郷士《ごうし》で、ちゃんと仕官《しかん》していたが、わたしにはその口がなかった。ただそれだけのことだ。役料の少ない侍でいるより、自由気ままないまの暮らしをわたしは気に入っている。気の持ちようだ」

菊之助は、ハハハと自嘲《じちょう》の笑いを漏らした。

「……面会は簡単にできるのでしょうか? わたしは清次さんの許嫁ではありますが、まだ他人です」

「わたしには南番所に知り合いがいる。無理を聞いてもらっただけだ。なに、そいつとは気の置けない仲でもあるし従兄弟でもあるから、気にすることはない」

牢屋《ろうや》奉行(囚獄《しゅうごく》)は、町奉行の支配下にあり、また牢屋敷に属している牢屋同心は、町奉行所の牢屋見廻り同心の監督を受けている。そういう上下関係があるので、菊之助は秀蔵に口利きを頼んでいた。

その秀蔵には、昨夜のうちに次郎を介して話をとおしてあるので、すんなり面会はかなうはずだった。

牢屋敷の練塀《ねりべい》が見えてくると、佳代の顔が硬くなった。誰もが畏怖《いふ》する牢獄なのだから無理もない。牢屋敷を囲む塀は高さ七尺八寸（約二メートル三六センチ）あり、逃走できないように忍び返しがついている。さらに屋敷のまわりには、堀がめぐらされている。広さは二六七七坪だ。ここには牢獄はもちろん、囚獄の役宅と同心らの長屋もあったし、首斬場も備わっていた。

　空は晴れているが、牢屋敷のあたりには重い空気が漂っている感じを受ける。

門番に面会の旨《むね》を伝えると、入ってすぐの左側にある腰掛けで待たされた。ほどなくして、股引に法被《はっぴ》姿の牢屋下男《しもおとこ》がやってきた。俗に「張番《はりばん》」と呼ばれており、法被の背中には、囚獄・石出《いしで》帯刀《たてわき》の「出」が染め抜いてある。

　玄関に案内されて、面会の旨を告げると、書役《かきやく》同心と世話役同心の二人が、ぼそぼそと低声《こごえ》で短く話して、菊之助と佳代を見た。

「いま、小網町一丁目横町久兵衛店《きゅうべえだな》の仕立屋清次に取り次ぐ。届け物があるならこれへ」

　世話役同心にいわれてから、佳代が恐る恐る差し入れを差しだした。中身を訊《たず》ねられて答えると、同心は風呂敷を開いてたしかめた。

「のちほど、当人に渡しておく」

　その後、菊之助と佳代は屋敷内にある、内門を入った改《あらため》番所の板の間で待たされた。目の前に東西に長い牢獄があった。その前の砂利の小庭で、雀たちがさえずっていた。

清次が留め置かれている牢は、大牢《たいろう》である。裁きが下されるまでここに拘留されつづけるのだ。もし、金右衛門殺しが確定すれば、引き回しのうえ死罪である。

佳代は緊張しているのか、押し黙っていた。なにを話したらいいのか、どんな顔をして清次と話をすればいいか戸惑っているのだろう。

「お佳代さん、常と変わらずにしていればよいのだよ」

菊之助が柔和《にゅうわ》な笑みを見せると、「はい」と佳代はうなずいた。

ほどなくして当番所から、後ろ手にされ腰縄をかけられた清次が、世話役同心と突棒《つくぼう》を持った二人の牢屋下男に連れられてやってきた。日の当たる庭に出た清次は、一度、青い空をあおいだ。お仕着せではなく、地味な紺絣《こんがすり》を着流していた。利発そうな顔をしている男で、すっと佳代に視線を向けて、口許に心許ない笑みを浮かべた。

「清次に会いたいと申しているのは、そのほうらだな」

世話役同心が高飛車《たかびしゃ》なものいいをして、菊之助と佳代を見た。二人は無言で、そうだと頭を下げる。

「長話は無用だ。手短にすませよ」

「承知いたしました」

菊之助が応じると、世話役同心は隣の板間の上がり口に腰掛け、のんびり煙管を吹かしはじめた。だが、耳は菊之助らの話にそばだてられている。

「清次さん……」

佳代が憐憫《れんびん》のこもった目で清次に声をかけた。

「お佳代ちゃん、やったのはおれじゃない。信じてくれるのはお佳代ちゃんしかいないんだ」

「わかっているわ。それで、こちらにいらっしゃる旦那さんが、力になってくださるの。高砂町で研ぎ師をなさっている荒金菊之助さんという方よ」

清次がきらきらした目を、菊之助に向けた。濁りのない無垢《むく》な目をしている男だ。

「長話はできないようだから、いくつか大事なことを聞きたい」

「はい」

後ろ手に縛られ腰縄をかけられている清次は窮屈《きゅうくつ》そうだったが、それでも居ずまいを正すように背筋を伸ばした。

「おまえがお佳代さんと会った晩のことだが、刃物などは持っていなかったのだな」

「そんなものを持ち歩くなんてことはありません」

清次は菊之助をまっすぐ見て答えた。

「殺された金右衛門だが、以前から付き合いはあったのか？」

「いえ。付き合いなどございません。同じ町ではありませんが近所ですから、提灯屋の主だというぐらいは知っておりましたが……」

「話をしたこともないということか？」

「ありません」

「……金右衛門を襲った男を見たらしいが、顔は見なかったのか？」

「道は暗いし、下手人はわたしに気づくとあっという間に駆け去りましたから……」

清次は悔しそうに唇を噛んだ。

「おまえが金右衛門を助けようとしているときに、木戸番の小兵衛という男がやってきたらしいが、なぜ自分ではないといわなかった」

「申しましたが、小兵衛さんは勘違いされたんです。あのとき金右衛門さんは、わたしに『あんた、あんたが……なぜ……』と虫の息でつぶやいたんです。だから、小兵衛さんはすっかり、わたしの仕業だと思い込んだんです」

「……おまえがやったのではないのだな」

「神にかけてもやっておりません」

「しかし、おまえは罪を認めているそうではないか」

菊之助は清次を凝視した。

「それは、苦しくなったからです。足立という町方に拷問にかけられました。おまえがやったんだ。早く白状しろ。白状すれば楽になるんだと……」

いいながら清次は目に涙を浮かべた。

「ほんとにあの拷問は苦しくて、たまらないんです。自分ではないといくらいっても、おまえだ、おまえがやったんだといわれつづけるうちに、頭がぼうっとしてきまして、早く楽になりたいという気持ちが強くなって、つい……」

「認めたというわけか？　口書《くちが》きも取られたのだな」

「足立さんがいわれるとおりに、それを認めてしまったんです。なぜ、そんなことをしてしまったか、いまになって悔やんでも悔やみ切れません。ですが、本当です。わたしじゃないんです。金右衛門さんには恨みもなにもないし、まさか人を殺《あや》めるようなことなど考えたこともありません」

「そんなに拷問はきつかったの？」

佳代が横から口を挟んだ。

清次は笞打《むちう》ちも耐え難かったが、それよりも石抱《いしだ》きがたまらなかったといった。

この二つは、正式には牢問《ろうど》いと呼ばれた。石抱きとは、疑わしい者を算盤板《そろばんいた》と称する三角形の木を並べた台の上に正座させ、その膝の上に目方十三貫《かん》（約四八・七五キロ）の石板をのせてゆく。

算盤板に正座するだけで、脛《すね》は悲鳴をあげるのに、さらに膝の上に重い石板をのせられるのだから、その苦痛は想像するにあまりある。

たいていの者は、二、三枚積まれたら口から泡を吹き、はなみずを垂らす。五、六枚積まれると、そこで気絶してしまう。白状しなければ、日を置いて、二回三回と行われる。

「あんな拷問を受けるなら、死んだほうがましだと誰でも思う。だから、やっていなくてもやったと口走ってしまうんだ」

「だが、おまえはやっていない。そうだな」

菊之助はあらためて、たしかめるように聞いた。

「わたしはやっておりません」

清次は憤然とした表情ではっきり答えた。

「吟味《ぎんみ》はまだのようだが、それまでにはおまえの無実を証してみたい。それには真の下手人を見つけることが一番だが、できるかぎりのことをするつもりだ」

清次は目を瞠《みは》った。感歎《かんたん》したように口も半開きにした。

「見ず知らずの方なのに……。お願いいたします。こんな身でなにもお礼などできませんが、もし解き放たれることになったら、必ずやご恩はお返しいたします」

清次は深々と頭を下げた。

「礼など気にすることはない。それよりお佳代さん、なにかいうことは……」

佳代をうながすと、差し入れを持ってきたことや、清次の無実を信じているから、気持ちを強く持って決してあきらめないでくれと励ましの言葉をかけた。二人のやり取りは短く、最後に清次がひとつだけ頼みがあるといった。

「こんなことになって頼まれ仕事が遅れている。お佳代ちゃんの腕なら申し分ないので、代わりにやってくれないか。店は閉まっているだろうが、大家に話せば開けてくれるはずだ。なにをやればいいかは、仕事場に台帳があるので、それを見ればわかる」

「いいわ。他にやることがあるなら、なんでもするから遠慮なくいって」

佳代がそういったとき、そばに控えていた世話役同心が、そろそろ刻限だと告げた。

「わたし、清次さんを信じているから……」

佳代は鈴を張ったような目に、涙を浮かべてそう付け足した。

七

その日の聞き込みを終えた甚太郎と次郎は、荒布《あらめ》橋を渡ったところだった。東の空は薄紅色をしており、町には赤とんぼが舞っていた。先の通りは傘や雪駄《せった》や下駄を売る店が目立つ照降町《てりふりちょう》だ。江戸っ子のなかには、雨を喜ぶ傘屋と晴れを喜ぶ下駄屋が隣り合うと茶化す者がいる。

「その心は？」と聞かれると、「笑う人の横に泣く人がいる」となる。

たしかに傘屋と履物《はきもの》屋の多い通りではあるが、有名な京菓子屋や煎餅《せんべい》屋、銘茶問屋もある。粋人《すいじん》は、照降町で菓子折を買うともいう。そんな人間をへそ曲がりだと揶揄《やゆ》する者もいるが、江戸っ子にはそんな人間が少なくない。

甚太郎と次郎は照降町を通り過ぎ、親父《おやじ》橋を渡った。これから次郎がうまくて安いという居酒屋に繰りだすところだった。ところが、橋を渡ってすぐに、次郎が立ち止まった。

「甚太郎さん……」

「なんだ、急に立ち止まるんじゃねえ。ぶつかりそうになったじゃねえか」

「すみません。飲みに行く前にもう一度、千歳屋に行ってみませんか」

「千歳屋に……」

甚太郎は来た道を振り返った。のっぺりした顔を掌《てのひら》で撫でて、

「あの店には二度も三度も行ってるじゃねえか」

といった。

千歳屋南兵衛が殺された事件が起きて以来、甚太郎は横山秀蔵とともに主をなくした質屋にしつこく聞き込みを行っていた。もっとも小者である甚太郎は、秀蔵にくっついて、聞き耳を立てているだけではあったが……。

「行ってどうする？　下手人につながるものはなにもなかったじゃねえか」

「そりゃまだわかりませんよ。なにせ質屋ですから、裏になにがあるかわからな

いじゃないですか……」

次郎はときどき、こうやって気の利いたことをいう。秀蔵の手先となったのは、甚太郎のほうが次郎よりうんと早いし、小者に取り立ててもらってもいる。しかし、甚太郎はいっしょに仕事をやっているうちに、次郎は探索のツボを自分より心得ているのではないかと思うことがしばしばあった。

「気になるか？」

「ええ」

「じゃあ、行ってみるか」

甚太郎は熱心なことをいう次郎に折れた。

殺された南兵衛がやっていた質屋は、堀江町四丁目にある。東堀留川《ひがしほりどめがわ》に架かる親父橋と思案橋のちょうどなかほどに位置しているが、堀川に面した表通りではなく、脇に入った路地にある目立たない場所だ。

時刻も時刻なので、狭い通りにある商家はどこも暖簾《のれん》を下ろし、戸を閉めていた。

「店を訪ねるのか？」

甚太郎は次郎の考えがよくわからない。

「何度も訪ねているんだ。無駄じゃないか……」

「人はときどき忘れていたことを、あとになって思いだすことがあるじゃありませんか。どうせそばを通りかかったんです」

次郎はそんなことをいって、表戸をたたいた。しばらくして、戸が開き、南兵衛の女房・おさちが顔を見せた。二人には今朝も会っているので、「あら」と目を丸くした。

「まだ、なにか……」

「なにかいい忘れたことはありませんか？　ほら、あとであのこともいっておけばよかったなんてことあるでしょ……」

次郎はそういって、おさちの肩越しに店の奥に視線を投げた。葬儀が済んだばかりなので、店には抹香《まっこう》臭い匂いが漂っていた。

「わたしの知っていることは、みんなお話ししてあるはずですが……」

「殺しの下手人というのは、恨みだけで人を殺すとは限らねえんです。女絡みもあれば、金絡みもあるし……」

甚太郎は先輩として、そんなことを添え足した。

「そうです。南兵衛さんに女の影はありませんでしたか？」

次郎も甚太郎に応じて問いかけた。

「女……いえ、あの人にそんなことはなかったはずです。お金のほうはよくわかりませんが……」

甚太郎は一度次郎を見てから、おさちに顔を戻した。

「とにかくご亭主の敵《かたき》を討つためにも下手人は挙げなきゃなりません。なんでもいいですから、引っかかるようなことを思いだしたら、遠慮なくいってください。また訪ねてきますから」

「そりゃもう、亭主の供養のためにも下手人は、一日も早く捕まえてほしいですから」

「じゃあ、また来ます」

「ご苦労様でございます」

おさちは丁寧に頭を下げた。

「なにもなかったが、無駄じゃなかったな。次郎、おめえもなかなか見あげたことをいいやがる」

「いや、思いつきですよ」

鼻の脇をこすって照れる次郎に、甚太郎は言葉を足した。

「いいんだ、下手人捜しには無駄はつきものだ。無駄の積み重ねが手柄となる。そうじゃねえか」

「へえ、やっぱ甚太郎さんは先輩だけあって、おっしゃることが違いますね」

「なにをいいやがる」

甚太郎は次郎より七つほど年上だった。少しでも兄貴風を吹かしておきたかった。

親父橋に差しかかったとき、また次郎が足を止めて、なにか思いついた顔をした。

「どうした？」

「へえ。この前、提灯屋の主が稲荷堀で殺されましたね」

「荒金の旦那が探っていたあれか」

「まさか、千歳屋とつながっているってことは……」

「あっちの下手人はつかまってるじゃねえか。千歳屋と関わりがありゃ、しゃべってるはずだ。それに横山の旦那が千歳屋の帳簿を調べている。なにか出てくりゃ明日でもおれたちに話してくださるだろう」

「……そうですね」

「さあ、おめえのいう店に早く案内しろよ。喉も渇いてりゃ腹も減ってるんだ」

すでに町は夜の帳《とばり》に包まれて、道端の草むらで虫がすだいていた。風も昼間に比べると一段と涼しい。次郎の案内した居酒屋は、楽屋《がくや》新道にあった。二丁町《にちょうまち》の北側の通りで、中村《なかむら》座と市村《いちむら》座の楽屋がその通りにあることから、その名がついたらしい。

これから行く居酒屋には、売れない役者や裏方がよく通ってくるという。なかには色を売る陰間《かげま》となっている役者もいるというから、甚太郎は興味があった。もっとも、その道に興味があるわけではないが。

あちこちにある小さな居酒屋の明かりが、広くもない通りに漏れていた。次郎が案内した店の軒行灯《のきあんどん》には、役者の絵が小さく描かれており、腰高障子には〈根無し草〉という店の名が書かれていた。

それは次郎が暖簾を撥《は》ねあげたときだった。いきなり若い男が、転げるようにして出てきたのだ。その勢いで次郎はたたらを踏み、甚太郎は尻餅をつきそうになった。

「やい、ふざけるんじゃねえ！」

店から鬼の形相《ぎょうそう》で出てきた浪人がいた。

「ど、どうかご勘弁を、そ、そんなつもりじゃなかったんです。これこのとおりですから……」

「うるせえ！」

浪人は地に転げて手を合わせた男を、遠慮なく蹴り倒した。

「ひッ、痛い、痛いじゃありませんか。勘弁を、勘弁を……だ、誰かお助けください」

若い男は泣きそうな顔でまわりを見た。その視線が甚太郎に向けられた。

こりゃ困ったことになったと甚太郎は思ったが、若い男は浪人に襟首《えりくび》をぐいとつかまれると、また投げつけられた。店先の天水桶にぶつかり、上に積んであった手桶が若い男に被さるように崩れた。浪人はその手桶をつかんで、若い男の脳天にたたきつけようとした。

「いい加減にしねえか」

甚太郎は見るに見かね、勇気を振り絞って、浪人の腕をつかんだ。次郎の手前、引っ込んでいられなくなったのだが、

「なんだ、てめえは？」

と、浪人は甚太郎の手を強く払いのけて、酒で血走った鬼のような眼光でにら

んできた。甚太郎は身がすくみそうになった。だが、ここで怖《お》じ気《け》づいてはならない。横山秀蔵という強い町方の後ろ盾があるのだ。

「なにがあったか知らねえが、弱い者いじめはよくねえ。その男は謝っているじゃねえか。勘弁してやんなよ」

自分でもよくそんなことがいえたなと、甚太郎は内心で感心したのだが、

「うるせー！　横からしゃしゃり出ておれに喧嘩を吹っかけるつもりか。おう、それだったらそれでいい、今度はおめえが相手だ」

と、浪人は聞きわけがない。

「喧嘩を売るつもりはない。乱暴はいけねえといってるだけだ」

「なんだと……町人の分際《ぶんざい》で、おれ様に説教を垂れようってえのか。くそ、虫の居所の悪いときに、また頭に来ることを、よし、てめえをたたっ斬ってやる」

浪人はペッと、自分の手につばを吐くと、するりと刀を抜いた。

「そ、そんな……、ちょ、ちょっと待ってくれ」

甚太郎は十手もなにも持っていない無腰である。おおいに慌てたが、浪人は大上段に刀を構え、間合いを詰めてきた。

第三章　聞き込み

一

　甚太郎は顔面蒼白になった。こんなところで、斬られるわけにはいかないが、相手は本気だ。見境のつかない顔つきだし、狂気じみた目をしている。

「や、やめろ。喧嘩をするつもりなどないんだ」

　震える声を漏らしながら、甚太郎は後ろに下がった。韋駄天《いだてん》走りで逃げだしたいが、蛇ににらまれた蛙と同じで、思うように体を動かすことができなかった。

　浪人は剣気を募らせ、じりじりと間合いを詰めてくる。店の客が恐る恐る暖簾をくぐって野次馬となっていた。下手《へた》に仲裁に入ったことを後悔したが、もうあとの祭りだった。

「た、頼むから刀を下げてくれ」

「てめえのその口の利きようも気にくわねえんだ。たあッ！」

浪人は胴間声《どうまごえ》を発して、刀を振り下ろしてきた。甚太郎の脳天めがけ、白刃が闇のなかで風を切ってきた。ああ、これまでか、殺されるのだという思いが、甚太郎の脳裏をかすめた。殺されたくはないが、逃げようとしても体が動かなかった。

「いてえ！」

悲鳴と同時に、刀を振り下ろしてきた浪人の体が前にのめった。浪人はそのまま転ぶように倒れ、いたた、いたたと悲鳴をあげて、脛のあたり――しかも弁慶の泣きどころ――をさかんにさすっているではないか。

甚太郎は一瞬どうなったかわからなかったが、

「甚太郎さん、早く」

という声で我に返った。次郎の手にした薪《まき》ざっぽうを見て、助けられたのだとやっと気づいた。

「早く」

次郎は甚太郎をうながし、天水桶のそばで震えていた男にも、早く逃げろといって駆けた。長屋の路地に入り、通りに出て、また別の町の路地を抜けた。

「もう大丈夫でしょう」

息を切らしながら次郎が立ち止まった。甚太郎も肩を喘《あえ》がせていた。そこは、富沢町《とみざわちょう》の外れ、栄《さかえ》橋の近くだった。

「すまねえな」

甚太郎はようやく口を利くことができた。額の汗を手の甲でぬぐって、あらためて次郎を見た。

「どうなるかと思いましたよ。すぐそばに薪束があったんで一本抜き取って、とっさにやつの脛を打ちたたいたんです。一瞬のことでしたが、間に合ってよかったです」

「……とにかく礼をいう。ほんとに斬られるんじゃないかと思って、生きた心地がしなかった。しかし、おまえには頭が上がらなくなった」

「そんなこといわないでください。この先に知っている店があります。そこに行きましょう」

次郎の案内で、甚太郎は浜町堀《はまちょうぼり》に面した縄暖簾に入った。人心地ついたのは、奥の入れ込みに座って、一杯目の盃をほしてからだった。

「すまなかった」

兄貴分としては腑甲斐《ふがい》ないが、甚太郎は頭を下げた。

「そんなことしないでください。甚太郎さんは立派だったんですから」

「なにいいやがる。正直、小便ちびりそうになったんだ」

「でも、あの若い男を助けるために浪人の手をつかんだんです。勇気あるなあと、感心したんですよ。おいらは黙って見てるしかないと思っていたんですが……」

「そんなこといったって、見過ごせるようなことじゃなかったじゃねえか」

「そりゃそうですけど……」

次郎はうまそうに酒を飲む。

甚太郎はその次郎の顔をしげしげと眺めた。知り合った当初は、青臭い男だったが、いまはなかなかの働きをするし、秀蔵も一目置いている。よく見れば目鼻立ちも整っていて、のっぺり顔の自分とは大違いだ。それに小柄な自分より、上背もあり腕や肩のあたりも盛りあがっている。

「おまえ、家には戻らないのか?」

次郎の実家は本所尾上町《ほんじょおのえちょう》で、立派な瀬戸物屋を営んでいる。

「前にも話したじゃないですか。兄貴と反《そ》りがあわないんで、戻る気はないって……」

「だけど、その気になりゃ戻ることができる。おれみたいなケチな掏摸《すり》から横山の旦那に拾われた男とは違うんだ」

「商人になる気はありませんよ」

「なら、この先どうする気だ」

次郎は盃を置いて、遠くを見る目になってしばらく考えた。店は五分の入りで、近所の連中がわりと静かに飲んでいた。格子窓の外で鳴く虫の声がはっきり聞こえるほどだ。

「先のことはあまり考えないことにしてるんです」

次郎はそういったあとで、甚太郎はどうするんだと聞いた。

「おれか。おれは……このままだろうな。横山の旦那にくっついて生きるだけだ」

「それじゃ、ずっと小者を……」

「そうなるかな」

甚太郎は他に深い考えもなかったので、そういうしかなかった。横山秀蔵に目こぼしを受けて拾われ、ずっと手先になっていたが、ようやく小者に引き立てられて間もない。そうはいっても小者の収入は高が知れている。

　同心が私的に雇う小者の収入は千差万別だ。安い者は年に一両ももらえない。さいわい、秀蔵は気前がいいから年三両を約束してくれている。それでも町屋の下女の年収と大差がない。妻帯など無理な収入だが、実際は、困りごとのある町の者に、ついている同心に頼んでやるといえば、多少の付け届けが入る。その相談の件数が多ければ、それ相応の副収入となる。さらに、手柄を立てればついている同心から褒美《ほうび》も出る。真面目にやっていれば、そこそこの実入りがあるのだった。

「女房をもらう気はないんですか？」

　いきなり次郎に聞かれて、ドキッとした。ひょっとして、次郎は自分の女を知っているのではないかと勘繰《かんぐ》ったが、そんなことはないはずだった。現に次郎はなにも知らぬように鯖の塩焼きをつついている。

「……じつはあるんだ。まさか、おまえ知ってて聞いたんじゃあるめえな」

　そういうと、次郎が驚いたように顔をあげた。

「ほんとですか？」

「ああ、こんなおれでもいいって女がいるんだ。おまえだけにいうんだから、内緒だぞ」

「へえ、どんな人です？」

じつは、甚太郎はこのことをいいたくてしようがなかった。だが、口を滑らせた矢先に女に逃げられては面目がないので、必死に口をつぐんでいるのだった。

「ひでえ大工の亭主と別れた茶店の女なんだ。妙に気があっちまってな。男は見た目じゃない、心根だっていうんだ。やさしい男がいいんだとな。前の亭主でさんざん懲《こ》りたからそんなことをいうんだろうが、悪い女じゃない」

「なんていう人です？」

次郎は一膝詰めて聞いた。

「へへッ、まだそうと決まったわけじゃねえから、五郎七さんや寛二郎さんにも内聞《ないぶん》に頼むぜ」

「そりゃもう、おいらの口は固いですから」

「お園《その》っていうんだ。まあ、年増《としま》だが、子を産んじゃいねえから、歳より少しは若く見える。室町《むろまち》一丁目に〈桐屋《きりや》〉っていう茶店がある、そこで働いてるんだ」

「へえ、そうだったんですか。今度覗いてみようかな」

それからしばらく、甚太郎はのろけ話をした。決して女にもてるような男ではないから、自慢したい気持ちを抑えることができなかったのだ。

「甚太郎さん、うまくやってくださいよ。おいらは遠くからそっと見守っていますから」

「嬉しいことをいいやがる」

甚太郎は相好《そうごう》を崩して、次郎のことをあらためていいやつだと思った。

「それより、明日から十手を持って歩くことにしようじゃねえか。今夜みたいなことがあったらたまらねえからな」

「おいらもそう思っていたんです」

二人は最後に茶漬けを頼んで、仕上げることにした。

二

佳代はうす暗い行灯の明かりを頼りに、一心に縫い針を動かしていた。今日の朝、清次と面会したときに頼まれた仕事だった。高田屋の仕事が終わってから、清次の店に行き、大家に頼んで掛けられていた猿《さる》を外してもらい、台帳を見て、どれが急ぎの仕事であるかすぐにわかった。

清次の店でそのまま仕事をするわけにはいかないので、佳代は半仕立てになっている着物と、これから仕立てなければならない反物を家に持ち帰っていた。

半仕立ての着物を見たとき、佳代は清次の腕はさすがだと思わずにはいられなかった。自分でも針妙としての腕に、ある程度の自負はあったが、清次の仕立物を見て、これは針の運び具合が並みではないとすぐにわかった。だから、佳代はそれに劣らないものを作らなければならないと心を引き締めていた。

とりあえず、半仕立てのその着物を仕上げ終えたら、荒金菊之助の妻・お志津の着物にとりかかろうと考えていた。残った清次の注文も急がなければならないが、少しの余裕はあった。また、その間に清次の身の潔白が証されれば、佳代が手をつけるまでもない。もちろん、佳代はそのことを望んでいた。

ただし、清次の吟味がいつあるかわからない。それも一度や二度で裁きは下らないかもしれないと、菊之助にいわれていた。

――解き放ちになるのに一月や二月はかかるかもしれぬ。

菊之助はそういってから、

――とにかく、わたしは無実だという身の証を立ててやりたい。

と、頼もしいことをいってくれた。

清次は藁《わら》にもすがる思いだろうが、佳代も菊之助のことを頼りにするしかなかった。

「なんだい、夜なべでもする気かい……」

夜具からごそごそ起きだした里がそんなことをいって、台所に水を飲みにいった。

ゴーンと空をわたる鐘の音が聞こえてきたのはそのときだった。鐘は夜四つ(午後十時)を知らせていた。

「急がされている注文があるから、しかたないのよ」

佳代は針先で髪を引っ掻いて、縫い物をつづけた。とにかく清次の針運びに負けないようにしなければならない。出来不出来は、縫い目を見ただけでわかってしまう。ケチのつかない仕上げにしなければならないので、いつもより熱が入っていた。

「あんたが働き者に育ってくれてよかったよ」

水を飲んだ里は、上がり框に腰掛けて、自分の膝を片手でトントンとたたいていた。脚気の具合をそうやって、日に何度も調べるのが癖になっていた。

「お佳代がよく働いて親孝行をしてくれる。近所で自慢できるのも、あんたをうまく育てることができたからなんだね」

佳代はこの母親はいつになったらわかってくれるのだろうかと、ため息をつきたくなる。里が近所で自分のことを自慢するのは知っていたが、みんな陰口をたたいていた。

——いい気な親だよ。あれじゃお佳代さんは、あの母親に飼い殺しにされているようなもんじゃないか。

聞きたくない噂は、いやがおうでも耳に入ってくる。それに、同じ長屋のおかみも、佳代にときどき声をひそめていうことがあった。

——お佳代さん、おっかさんにもっと厳しくいったほうがいいんじゃないかい。あんたの稼ぎにあぐら掻いてるだけじゃないか。脚気だっていうけど、ちゃんと動けるんだからねえ。

と、佳代に同情する者は少なくない。

だが、そんなとき、佳代は口許に笑みを浮かべて、

——わたしをここまで育ててくれたのはおっかさんですから、もう無理はさせたくないんです。

というしかなかった。

——あんたはえらいねえ。うちの子にもお佳代さんの爪の垢《あか》でも煎《せん》じて飲ませたいぐらいだよ。

そういわれることは、一度や二度ではなかった。

「いつまでやっているんだい?」

里がそばにやってきて、佳代の仕事ぶりを眺めた。

「もう少し努めないと間に合わないから……」

「そうかい、ご苦労なことだね」

里はそういって、ごそごそと夜具に戻った。茶の一杯でも淹れてくれてよさそうなものなのにと、佳代は思うが、そんなことを望んでもむなしくなるだけだと自分にいい聞かせるしかない。

「お佳代……」

佳代は夜具に入った里を見たが、手は動かしつづけていた。手許から目を離しても、針運びに狂いはない。

「あんた、あの清次って男のことをいつまでも思ってるんじゃないだろうね。とっとと忘れるんだよ。それがあんたのためなんだからね」

「……」

「わかってるね」

佳代は視線を手許に戻して、曖昧《あいまい》にうなずいた。

「男なんてその気になりゃ、いくらでも見つけられるんだ。あんたは器量もいいんだから、苦労せずにすむ道もあるんだよ」

その苦労をかけているのが自分だというのもわからずに、里はそんなことをいう。いい気なものである。娘に対する思いやりは、わたしを産んだときからなかったのだろうかと、佳代は首をかしげたくなる。

「……明日の朝は、久しぶりに蜆《しじみ》のみそ汁が食いたいねえ」

「蜆は時季じゃないわよ」

「あらそうだったかい。それじゃ浅蜊《あさり》でもいいわ」

浅蜊も時季を過ぎている。だが、もうそれ以上相手をするのが面倒なので、

「売りに来たら買いに行くわよ」

と答えるしかない。

娘が遅くまで仕事をしているのだから、早起きをして自分で朝飯の具ぐらい買いに行こうなどという考えは、里にはない。いつからこんな母親になってしまったのか、佳代にはわからなくなっていた。

「みそ汁は別にしても……ああ、たまにはなにかうまいもの食いたいねえ」

里はそんなことをつぶやいて、目をつむった。

佳代は縫い物仕事を放り投げ、髪を掻きむしって叫びたい衝動に駆られた。娘に我《わ》が儘《まま》ばかりいってるんじゃないわよ！　昔はともかく、いまは娘に世話になっているんだから、少しはやさしい母親になってくれてもいいじゃない！

思いの丈《たけ》を大声で叫んだら、どれだけ清々《せいせい》するだろうか。だけれど、佳代はその気持ちを抑え込んで我慢するしかない。里の寝顔を憎々しくにらみながら、大きなため息をつかずにはいられなかった。

それからふと、こう思った。

……わたしは、いつかこの親を捨てるかもしれない。

三

「斬られたのではなく、刺されたのですね」

「町方の旦那は刺し傷だとおっしゃいました。刀の切っ先で突き刺したんだと」

菊之助は、金右衛門の長男・与兵衛《よへえ》の言葉を聞いて、短くうなった。これはますます、清次を下手人扱いするには無理がある。もし使われた凶器が短刀の類《たぐい》だったなら、清次にも疑いは残る。しかし、凶器が刀だとすれば、清次の疑いはそれだけでも薄くなるはずだ。

「なにか……」

菊之助が黙っていると、与兵衛が怪訝《けげん》そうな目を向けてきた。

「いや、なんでもない。それからくどいようですが、仕立屋の清次と金右衛門さんは知り合いではなかったのですね」

「清次が仕立屋だというぐらいは知っていたと思いますが、親しく付き合っていた節《ふし》はありません」

与兵衛は、清次を呼び捨てにして答えた。金右衛門の思わぬ死によって、長男の与兵衛は予定より早く上下屋を継ぐことになっている。

「金右衛門さんと仲のよかった人を教えてもらえませんか？」

菊之助はあくまでも研ぎ師という立場で、へりくだった言葉遣いをしていた。

与兵衛は帳場の隣の部屋にいるおすえを一度見てから顔を戻した。金右衛門と付き合いのあった人物の名を、伝えるべきかどうか躊躇《ためら》っている。

おすえは与兵衛の母親である。つまり、金右衛門の妻だ。

「足立さんという町方の旦那にも、そのことは伝えてあるんですが……」

「わたしにも教えてもらえませんか」

「ですが、荒金さんは清次を庇うつもりなんでしょ。あいつは、おとっつぁんを殺したことを認めているんですよ。それなのになぜ、いまごろ……」

「清次は自分ではないといっているんです。自分がやってしまったといったのは、拷問に耐えられなくなって、つい口を滑らしただけなんです。あの男に罪がなければ、なんとかしなければなりません」

与兵衛はしばらく黙り込んだ。店はまだ開店前だが、奉公人たちが店の前の掃除をしたり、商品の提灯にはたきをかけながら、菊之助と与兵衛の話に耳をそばだてていた。

菊之助はおすえに淹れてもらった茶に口をつけてから、顔をしかめたまま黙り込んでいる与兵衛に声をかけた。

「もし立場が逆だったら与兵衛さん、あんたはどうします？　無実の罪で牢に入っている父親を救いたいと思いませんか。そりゃ、自分がやってしまったと一度は証言している。しかし、それは拷問に耐えられなかったからなんです。牢獄に入ればどんな拷問があるか、あんたも聞き知っているはずだ。気の弱い者なら、その苦しみに耐えかねて、たとえ自分がやっていなくても、ついやってしまったというかもしれない。いや、往々にしてそんなことはあるそうなんですよ」

「……ですが」

「さっき、使われた凶器は刀だといいましたね。仕立屋の清次は刀など持っちゃいません。そりゃ、都合すればどうにかなるでしょうが、仮に清次の仕業だったとしても、その凶器は見つかっていない、そうでしたね」

「それは……」

　菊之助は遮ってつづけた。とにかく金右衛門の倅《せがれ》に、自分の意思を伝えるのは大事なことだった。

「清次に金右衛門さんを殺す由《よし》はなにもないんです。それに、金右衛門さんにも清次に殺される因縁《いんねん》もない。そうではありませんか」

「……それは二人のことで、わたしにはわかりません」

「与兵衛さん、あんたはさっき、二人は親しい間柄ではなかった。顔を知っている程度だとおっしゃった。清次もそのようにいっております。二人の間に損得の絡みもない。つまり関わりのない間柄だった。それを認めているじゃありませんか」

「それは、まあそうですが……しかし、町方の調べで清次は捕まったのですし、あとで自分がやったんじゃないといってるとしても、一度は自分がやったといったんですから……」

「与兵衛さん、真の下手人があとでわかったらどうします。あんたは罪のない人を殺したことになるんですよ」

「そんな……」

与兵衛は驚いたように顔をあげた。

「このままだとそうなりかねない」

与兵衛はまた母親を頼るように、隣の部屋に顔を向けた。

「与兵衛、荒金さんのおっしゃるとおりかもしれない。もし、清次って仕立屋が無実だったら、あとで後悔するかもしれない。いいじゃないか、教えて損することでもなんでもないんだ。それで、真の下手人が捕まるなら、それはそれでいいことじゃないのさ」

おすえが物わかりのいいことをいってくれたので、菊之助はいくらかほっとした。さらにおすえは、夫・金右衛門と仲のよかった何人かの男の名を口にした。

そのことを菊之助は、胸の内で復唱して頭に刻み込んだ。

「おっかさんがそういうんなら、それじゃあっしも……」

与兵衛も父・金右衛門が親しく付き合っていた人の名をあげた。おすえが口にした人間と何人か重複していたが、数は多くなかった。それでも忘れそうなので、菊之助は矢立《やたて》を借りて、名前を書付《かきつけ》た。

浅草瓦町《あさくさかわらまち》の紙問屋・田中《たなか》屋圭助《けいすけ》（商売の間柄）
炭町《すみちょう》の竹問屋・越前《えちぜん》屋の手代・春右衛門《はるえもん》（商売の間柄）
伊勢町《いせちょう》の料理屋〈卯《う》の花《はな》亭〉の主・茂三郎《もさぶろう》（行きつけの店）
長崎町《ながさきちょう》二丁目の酢醤油問屋・近江《おうみ》屋為蔵《ためぞう》（将棋の仲）

気になるのはその四人で、あとは同じ町内の者たちだった。

「それにしてもなぜ、荒金さんは清次のためにそこまでなさるのです」

与兵衛が菊之助から矢立を受け取りながら聞いた。

「さっきも申したように、腑に落ちませんし、お佳代という許嫁のこともあります。清次は金右衛門さんが殺されるほんの少し前に、お佳代と将来を誓い合ったのです。そのすぐあとで、そんな馬鹿なことをするとはとても考えられません。

それこそ心が浮き立ち、幸せな気分だったはずです。そんなときに人を殺《あや》めることがあるでしょうか。それに清次は、金右衛門さんを殺して逃げた下手人を見ております。もっとも、暗くて身なりや顔はわかっておりませんが……」

与兵衛は菊之助を見つめたあとで、ぽつりとつぶやいた。

「わたしにできることがあれば、遠慮なくおっしゃってください」

この一言で、菊之助は救われた気持ちになった。

「開店前に長々とお邪魔をして申しわけありませんでした」

四

上下屋を出た菊之助は、一度仕事場に戻り、研ぎ上げた包丁を持って得意先に納めにいった。茶を飲んでいけという話し好きの亭主もいたが、今日ばかりは油を売っている暇はないので、丁重に断ってつぎにまわった。

新たな注文を出す店もあったが、多くはないし、急ぎ仕事でもなかった。町は常と変わらず、秋の風が吹いており、澄んだ空気の向こうに富士山がくっきりと浮かびあがっていた。歩きながらも菊之助は金右衛門のことに頭をめぐらしていた。

昼前に家に帰ると、お志津がすぐそばにやってきた。

「なにかわかりましたか？」

「それより、おまえのほうはどうだった？」

人手が足りないのでお志津に、上下屋の近所で金右衛門のことを聞いてきてくれと頼んでいた。

「わたしのほうはこれといったことは聞けませんでした。みんな死んだ人の悪口はいいたくないんでしょうし、金右衛門さんの評判はそれほど悪くないようですし……」

「気になるようなこともなかったというわけか……」

「いまのところは、ありません。明日も聞きにまわってみようと思いますけど。どうぞ」

お志津は茶を差しだして言葉を継いだ。

「でも、金右衛門さんは苦労人だったようです。いまの店は金右衛門さん一代で築かれたといいます。提灯作りの職人から、一財産築かれたのだとか……」

「一財産……そんなに儲かる商売なのか……」

つぶやく菊之助は上下屋の佇《たたず》まいや店の様子を思いだした。そんなに大きな儲けがある店には見えなかった。使っている奉公人が二人、下女が一人という、いたってありふれた商家という印象が強かった。

「大儲けする商売かどうかはわかりませんが、裸一貫で店を築いた人ですから、締まり屋だったという評判です。倹約に努めていた人だと聞きました」

そういわれれば、居間にある調度《ちょうど》は決して高価なものではなかった。茶をもてなされたが、その茶碗には洗っても落ちそうにないシブがついていた。大事な客にはもっと高価なものを使うのだろうが、倹約の度合いは他にもあった。障子や襖《ふすま》に継ぎが当てられていたことだ。残された妻・おすえの身なりも決して派手ではなかった。

「倹約というと聞こえはよいが、裏を返せば吝嗇《りんしょく》ということにもなる」

「ご近所の人はそんなあからさまなことはいいませんでしたが、大層な締まり屋だったという評判ですけど」

「恨んでいるような人間は？」

「諍《いさか》いを起こすような人じゃなかったようですから、そんな人がいるとは誰も話されませんでした」

「ふむ……。ご苦労だったな」

「それで菊さんのほうは？」

「金右衛門はあの日、夕七つ（午後四時）ごろまで店で仕事をしていたらしい。帳簿づけや提灯作りなどだ。七夕を控えていたので、提灯の注文がいつになく多かったらしい。店を出たのは、七つ半（午後五時）ごろだが、どこへ行くかは誰にも告げていない」

「おかみさんや店の人に行き先の見当もつかなかったのでしょうか？」

「どこへ行ってくると、いちいちいわなかった人のようだ。女房はおすえさんというんだが、そのおすえさんが行き先を訊ねると、出かける亭主にいちいちうるさいことというなと叱られたそうな。提灯屋の主といっても職人上がりだから、気は決して長くはなかったようだ。倅の与兵衛や奉公人にも厳しかったような気がする」

「それじゃ店を出て、稲荷堀で清次さんがその姿を見るまではどこでなにをしていたかわからないということですか……」

「そういうことになる。だが、親しく付き合っていた者が何人かわかった」

菊之助は上下屋で書き付けてきた半紙を広げた。

障子にあたっていた日が翳《かげ》り、書付も読みづらくなった。表ではしゃぎ声をあげている子供たちの声がしていた。

「とりあえず、ここにある者をあたっていこうと思うが、お志津にはもうひとつ頼みがある。清次のあの日のことを知りたいのだ」

「清次さんの……」

翳っていた日がまた明るくなり、まばたきをしてつぶやいたお志津の顔に障子越しのあわい光があたった。

「うむ。念のため知っておきたいのだ。それから、金右衛門殺しに使われたのは、短刀の類ではない。刀だったようだ。清次が、刀を持っていたかどうか、それも聞いてきてくれないか」

「わかりました」

菊之助は軽く昼餉《ひるげ》をとってから、聞き込みをするために家を出た。

五

やっぱ旦那は、かっこいいや……。

甚太郎は前を歩く横山秀蔵の後ろ姿を見て思う。毎日のようにくっついているのだから、いまさらではあるが、そう思わずにはいられない。

短めの単衣《ひとえ》を着流し、羽織を引っかけ、片手を懐に入れ、肩で風を切って堂々と歩く。歩くたびに着流しの裾が粋にひるがえる。きれいに剃られた月代《さかやき》に、櫛《くし》目《め》の通った髷《まげ》。背が高くていい男っぷりだ。ああ、おれもあんな風に生まれてきたかったと思うのは昨日今日のことではないが、今朝、井戸端で顔を洗うときに、ふと桶の水に映る自分の顔を見てげんなりした。

どことといって特徴のない顔である。鼻は低いし、目は切れ長ではあるが細すぎる。口も取り立てて悪くないと思うのだが、顔全体を見ると、なんとも釣り合いの取れない造作《ぞうさく》である。それに背も高くない。さいわい、五尺（約一五二センチ）足らずのお園より、二寸ほど背が高いのが救いであった。

その朝、顔を洗いながら、よくもおれみたいな男でもいいといってくれたものだと、お園に感謝したが、秀蔵に会ってやはり気落ちしてしまった。だからといって、いまさら顔がよくなるわけでもなく、背が伸びるわけでもなかった。

あきらめるというより、自分はそんな男なのだと思うしかない。それに、見映えがいいからといって、出世するとは限らないし、幸せになる保証もないのだ。

結局のところ、体が丈夫でうまい飯が食えれば、それでいいじゃねえかと思うのだった。しかし、秀蔵のあとを金魚の糞《ふん》のようについてまわるときは、なんだか得意な気持ちになる。これがおれの旦那だ。どうだ、この旦那はええいい男だろ。御番所の同心だ。金もありゃ、女にももてる。悔しかったらおれみたいに、この旦那に仕えてみやがれ。滅多なことじゃ雇ってくれねえんだと、自慢したくなる。

町の者が秀蔵に会って会釈をすると、なんだか自分が頭を下げられている錯覚を覚え、誇らしげな気持ちにもなる。秀蔵を見た町娘たちが、袖を引き合って、「ねえ、ちょっといい男じゃない」とこそこそ耳打ちするのを見ると、得意な気持ちにもなる。

その朝、甚太郎と寛二郎は秀蔵について、千歳屋南兵衛が殺された柳橋界隈の聞き込みをつづけていた。これで、三度目の聞き込みである。

事件が起きた晩に、南兵衛が立ち寄った店はわかっていた。一軒目は、柳橋の北詰めに近い小さな居酒屋だった。二軒目は、そこからほどないところにある、〈小町《こまち》〉という小料理屋。三軒目が〈墨田屋《すみだ》〉というちょっとした妓楼《ぎろう》だった。

これは斬殺体で発見された時刻から遡《さかのぼ》って調べた結果で、ほぼ間違いないことがわかっていた。いずれの店にも、南兵衛はひとりで入っている。最後の墨田屋では、小座敷に雪乃《ゆきの》という芸者を呼んで半刻《はんとき》（一時間）ほど遊んでいたが、もうそのときはかなり酩酊《めいてい》していたという。

雪乃や他の店への聞き込みは終わっていたが、南兵衛は終始ご機嫌で、とくに自分が殺されるようなことを口走ったりはしていなかった。

「いやあ、すっかりご機嫌なご様子でしたよ。冗談をいっては、自分で受けて笑うというような感じでしたから」

そういうのは、南兵衛が一軒目に入った〈江戸屋《えど》〉という居酒屋の主だった。二軒目でも三軒目でも、そのような酔い方だったらしい。つまり楽しい酒だったのだ。ところが、三軒目を出て間もなくして、南兵衛の人生は暗転したのだった。

しかし、暗転に導いた下手人の影を見た者は誰もいなかった。

「一休みだ」

秀蔵がそういって、近くの茶店の縁台に腰をおろした。甚太郎と寛二郎もそばに控えるようにして座る。

秀蔵が注文した麦湯が運ばれてくると、甚太郎は早速口をつけて喉の渇きを癒《いや》した。遠くの空に、蝸牛《かぎゅう》のような雲が浮かんでいる。風がないのか、その雲も目を凝らさなければ、蝸牛のように動いているかどうかわからない。

ちらりと秀蔵を見ると、懐から出した書付を一心に眺めていた。いったいどんなことを考えているのか、甚太郎には想像もつかない。とにかく小者というものは、旦那である秀蔵の指図にしたがって動けばいいのだった。

「寛二郎、甚太郎、ここへ」

書付を眺めていた秀蔵が、不意に二人に声をかけた。

秀蔵のそばに行くと、書付を見せられた。

「昨日、千歳屋から帳簿を借りたが、南兵衛は裏帳簿をつけていやがった」

秀蔵は他の客やそばを通る通行人に聞かれないように声を低くしていた。

「これはその裏帳簿から気になる客を絞り込んだものだ。この界隈での聞き込みは埒《らち》があかねえ。おそらく下手人は、南兵衛のあとを尾《つ》けていたか、行き先を前もって知っていたと思われる」

「物盗《と》りというのはどうです？」

寛二郎がいうと、秀蔵は目を険しくしてにらんだ。

「物盗りとは思えねえだろう。南兵衛の懐には、十両近い金子《きんす》の入った財布がそのまま残っていたんだ」

「へえ、そうでした」

寛二郎は亀のように首を引っ込めて、小さくなった。

「単なる辻斬りと決めつけるのも早いが……とにかく、あやしいやつを徹底してあたっていくしかねえ。次郎と五郎七には千歳屋の近所を探らせているが、おまえたちはおれと手分けして、ここにあるやつらを片端から調べるんだ」

「へえ」

甚太郎は、秀蔵の見せる書付に視線を落とした。

「裏帳簿にあるのは、高利で質草《しちぐさ》を入れているやつばかりだ。おれが的を絞ったのは請け出しの終わってねえ客だ。大金を借りている客もいるが、そうでないのもいる。その高は関係ねえ。たとえ、小さな金でも殺しにつながることはままあることだ」

質屋を営業するには、質屋の株仲間に入り認可を受け登録しなければならない。登録を受けたものは質屋を営むことができるが、質置きの期間と利率を定めた「作法定書《さほうさだめがき》」に従わなければならない。

刀脇差《わきざし》と家財道具は、十二か月。衣類などは八か月。利子は百文《もん》につき四文の利率と決められていた。貸し金額も二両までは、月利四分《ぶ》（一両につき約百六十文）。金十両までは、金一両につき月利銀三分（約百二十文）。百両以下は、一両につき月利銀一匁《もんめ》（約六十七文）と定められていた。

また、禁制品や盗品などが質草になることがあるので、月に一度帳面を町奉行所に提出する義務があった。

だが、決まりというのは破られるのが常で、質屋の多くは正規で営業しながら、裏では急ぎ金を要する客の足許を見て、質草を安く値踏みしながら高利で金を貸すことがある。無論、表より裏の利益がうまいので、どこの質屋も裏取引をしていた。

「ここにあるのは皆済《かいさい》していない客だけじゃねえ。皆済してはいるが、何度も千歳屋に出入りしている客もいる。こういう客もあやしいと思ったほうがいい」

「へえ、ずいぶんいるもんですねえ」

寛二郎が感心したようにいう。

「虱潰《しらみつぶ》しにあたっていくが、これはあやしいと思ったやつがいたら、その都度《つど》おれに教えるんだ。早とちりして、へたな考えを起こすな。相手は人殺しだ。そのこと肝に銘じて調べにまわってくれ。寛二郎、おまえは前の半分を、甚太郎、おまえは残りをあたれ」

「旦那はどこへ？」

「おれにはおれの書付がある」

秀蔵は自分の胸をぽんとたたいた。もう一枚別の書付があるというわけだ。

「それじゃ甚太郎、こうしよう」

秀蔵からもらった書付を、寛二郎は器用に半分にちぎって甚太郎に渡した。

「なにか気になることがあったら、今夜おれの家に来い。なければ明日の朝おまえたちから聞くことにする。さ、行け」

へい、と寛二郎と甚太郎は返事をして腰をあげた。

「おい甚太郎、待て」

去りかけたとき、甚太郎は呼び止められた。こっちへ来いと秀蔵が手招きをする。

「おまえ、いいこれができたようだな」

秀蔵は小指を立てた。

「へっ！」

驚かずにはおれなかった。

「悪いことじゃねえ。よかったじゃねえか。それより振られねえようにすることだ」

「どうして、旦那はそのことを……」

「おれの目は節穴《ふしあな》じゃねえんだ」

秀蔵は楽しそうに、ふふふと笑ったあとで、

「たまにはおれに手柄を取らせてくれ。そうすりゃ祝いの褒美をはずんでやる」

と、励ますように甚太郎の肩をたたいて、にやりと笑った。こういうとき、甚太郎は秀蔵の笑みにゾクッとする。その辺の役者より、魅力的な笑みを作るのだ。

「旦那、他のやつには……」

「他のやつらは気づいてねえさ。ま、おまえの面目もあるだろうから、うまくまとまるまでは黙っていてやる。それより、頼んだぜ」

「へ、へえ、そりゃもう」

そのまま秀蔵と別れた甚太郎は、まいったなと内心でつぶやきながら、柳橋を渡った。さっき、秀蔵はたまにはおれに手柄を取らせてくれといった。それはつまり、甚太郎に向けられた言葉で、「たまには手柄につながることをやってくれないか」ということだ。それゆえに、甚太郎はこれからの探索に、心を奮い立た

せているのだった。

……旦那を立てることは、おれを立てることにもなるんだからな。

胸の内でつぶやく甚太郎は、目に力を入れて、「よおし」と、小さな声を漏らした。

六

手代の勇作《ゆうさく》に客が来ていると告げられたのは、その日の暮れ方だった。繕い仕事をしていた佳代は、誰かしらと思った。

「品のある女のお客様だよ。お佳代をご指名だから、新しい注文かもしれない」

勇作はそれだけをいって帳場に戻った。

佳代は他の針妙たちにすぐ戻るといって、反物や裁縫道具で雑然としている仕事部屋を出た。客間の横を抜けて店先をのぞき見ると、式台《しきだい》のそばに凜《りん》と背筋を伸ばして座っている女がいた。

「あら、お志津さん……」

佳代の声でお志津が振り返った。にわかに口許に笑みを浮かべて、仕事中に申し訳ないと詫び、少し話ができないかという。

「……清次さんのことですね」

佳代はまわりの奉公人の目を気にしてから、つぶやくようにいった。

「たしかめたいことがあるの」

それじゃ表でと、佳代はお志津と店を出た。表通りにはまぶしい西日が射していた。行き交う人の足は、日が傾いたせいか心なしか早く感じられる。「呉服物品々」と書かれた看板も、「現金掛け値なし」と染め抜かれた暖簾も夕日に染まりつつある。

「なにかあったのでしょうか?」

突然のお志津の訪問に、佳代はいやな予感を覚えていた。だが、お志津は人を安心させる笑みを浮かべて、

「清次さんのことを少し聞きたいの」

といった。

「なんでしょう?」

佳代は店の前では具合が悪いと思い、そのままお堀のほうに足を進めた。お志津も並んで歩く。

「金右衛門さんが殺された日のことだけど、あの日、清次さんがお佳代さんと会うまで、どこでなにをしていたかわからないかしら」

佳代は歩きながら、なぜそんなことを聞かれるのかよくわからなかったが、伊呂波という料理屋で清次から聞いたことをそのまま伝えた。

「その店に行くまでずっと仕事をしていたと、清次さんはいったのね」

「はい、急ぎの仕立物があったので、ずっと店にこもっていたといってました」

「それじゃ、その日、最初に会ったのがお佳代さんということかしら……」

「さあ、それは……お客があったかもしれません。でも、なぜそんなことを気にされるんです？」

佳代はお堀のそばで立ち止まって、お志津に顔を向けた。お堀に照り返された日の光が、お志津の柔和《にゅうわ》な顔にあたっていた。

「大事なことなの。そんなことはないはずだけれど、もし清次さんが下手人だとしたら、金右衛門さんに前もって会っていなければならない。話があるので、どこで何刻ごろ会いたいとか……」

「そんなことあるわけがありません。だって、清次さんは金右衛門さんのことをよく知らなかったのだし、話したこともないといってるのですから」

思わず興奮の声をあげた佳代は、いい終わってからまわりを気にしたが、さいわい人の姿はなかった。

「お佳代さん、念のために聞いてるだけなのよ。清次さんの無実を証すには、清次さんの言葉だけではだめなの。その無実を証してくれる人がいるのよ。あの日、清次さんがずっと店で仕事をしていたことを知っている人がいないかしら。誰でもいいの。同じ長屋の人でも、客でも……。あの日、清次さんを訪ねてきた人はいなかったかしら……」

「それは……」

「そうね、清次さんに聞かなければわからないことよね」

はい、と佳代は肩を落としてうつむいた。足許にある静かなお堀の水面が、佳代の顔と夕日に染まった雲を映していた。

「もうひとつ、清次さんは刀を持っていないかしら?」

「刀……」

「金右衛門さんは刀で刺されたらしいの。清次さんは菊さんに、自分は刀なんか持っていないといってるようなんだけれど、どうかしら。念のために聞いておきたいの」

「清次さんは刀なんか持っていませんよ。見たことも聞いたこともありませんし、あの人は根っからの職人ですから……」

「わかったわ。ごめんなさいね、気に障るようなことを聞いて。でも、清次さんの罪を晴らすためですから、わかって」

佳代はやさしくいうお志津を見つめた。微笑んでいるその顔には、人を慈《いつく》しむような深い思いやりがあった。

「菊さんも、清次さんのことをどうにかしなければならないと動いていますから、お佳代さんは一心に清次さんの無実を信じることよ」

佳代はその言葉に心を打たれた。血のつながりもなければ、親しい付き合いをしてきたわけでもないのに、自分と清次のことを心から思ってくれている。なぜ、そこまで人に対してやさしい思いやりが持てるのか、腑甲斐《ふがい》ない母親を持つ佳代には信じられないことだった。

「ありがとうございます。そこまで思ってくださっているとは知りませんでした」

佳代は深々と頭を下げた。思わず目頭が熱くなり、涙が落ちそうになった。

「お志津さん、わたしも清次さんのためになにかしなければなりません。だって、お志津さんや旦那さんが、こうやって動いてくださっているのですから……」

「無理はしなくていいわ。あなたには仕事があるんですから」

「でも、旦那さんにも……」

「あの人のことは心配ご無用よ。気にしなくていいから」

お志津はさらりといって、また口許に笑みを浮かべた。

「わたしもあの日、清次さんがずっと家にいたことを証してくれる人を捜してみます」

「そうしてもらえると助かるわ。でもね……」

「……」

「下手人が金右衛門さんを殺す計画をしていたなら、あの日だけでなく、その数日前に、金右衛門さんと会っているか、なんらかの方法で連絡《つなぎ》を取っていたとも考えられるわ」

「それじゃ、あの日より前の清次さんのことも……」

「そこまではどうかしら……。上下屋さんも、清次さんと金右衛門さんが知り合いだったとはおっしゃっていないので……」

「とにかくわたしにできることがあれば、遠慮なくいってください。お志津さんや旦那さんにまかせきりでは心苦しいだけですから」

佳代はお志津に必死の目を向けた。

七

その男は、荻野泰之助《おぎのやすのすけ》といった。いわば千歳屋の常連客で、何度も脇差を出し入れしている。先月は白無垢《しろむく》を質草にして七両の金を都合していた。

いま甚太郎は、その荻野のあとを尾行していた。荻野の住まいは、日本橋の魚河岸に近い長浜町《ながはまちょう》の魚臭い裏店《うらだな》だった。それもひどい長屋で、野良猫の棲家《すみか》のようになっていた。甚太郎は荻野の家にこっそり探りを入れてもいた。家具調度はなきに等しく、欠けた茶碗と湯呑みがある程度だったし、すり切れた畳はかび臭くもあった。

脇差を質草にするのはわかるが、白無垢をどうやって手に入れたのかと疑問に思った。荻野の家には女気はないのだ。つまり、妻や娘のものではないということである。

あやしい……。

甚太郎は直感でそう思ったのだった。

そして、勝手に自分の想像を働かせた。荻野は金ほしさに女を騙《だま》した、あるいは女の白無垢を盗んで質草にした。ところが、千歳屋南兵衛はその着物の出所に不審を抱き、盗品ではないかと安く値切った。そのことに荻野が腹を立てて……。

いや、だめだ。それだけで荻野が南兵衛を殺めるとは思えない。甚太郎の勝手な推量は飛躍する。

荻野は質草の白無垢を手に入れるために、女を殺してしまった。ところが、南兵衛は持ち込まれた白無垢に覚えがあり、荻野を追及する。あるいは、こっそり白無垢の持ち主を訪ねてたしかめようとしたが、そこにある女の死体を見てしまった。

勝手に下手な推量を働かせる甚太郎だが、そう思うには多少なりともわけがあった。今日の昼間、荻野の長屋で聞き込みをしたときに、気になる話を聞いたのだ。

「貧乏御家人《ごけにん》のくせに、このところ金回りがいいようなんだよ。毎晩飲み歩いては、酔っぱらって帰ってくるしね。なにか儲け口を見つけたのかもしれないけど、あの男はなにをやってるかわかったもんじゃないよ」

同じ長屋に住む、前歯がほとんどない老婆だった。

「滅多にいえることじゃないけど、荻野さんはどこかの大店《おおだな》の用心棒をやっているらしいんだよ。だから、あの人の刀は何度も生き血を吸っているらしいよ」

これも同じ長屋に住む、居職《いじょく》の職人だった。

また、近所の升酒《ますざか》屋では、

「あの人には関わらないほうがいいよ。なんでも何度も人を斬ったことがあるらしいんだ。下手に探っていると、とんだ火傷《やけど》を負うどころじゃないよ」

と、主が忠告してくれた。

誰がそんなことをいうのかと甚太郎が訊ねると、

「酒に酔ったときに、ぼそっと自分から話したんだ。そのあとで、口を滑らしちまって、おれとしたことがと、舌打ちしたぐらいだから嘘じゃないと思うんだ」

と、升酒屋の主はいった。

とにかく荻野の評判は悪い。愛想《あいそ》がなく、ろくに挨拶もしなければ、長屋の者と口を利くこともないという。

それに、南兵衛が殺された晩のことだが、荻野は昼過ぎに家を出て、戻ってきたのは木戸門が閉まったあとらしい。まったく殺しには関係ないかもしれないが、甚太郎は探れるだけ探ろうと考えていた。

荻野は夜の帳の下りた霊岸島《れいがんじま》に入ったところだった。新川《しんかわ》に架かる一ノ橋《いちのはし》の手前を左に折れ、そのまま新川沿いに歩く。心地よい夜風が、堀川沿いの柳を揺らしていた。川の向こうには酒問屋と、その蔵が並んでいる。

行き先が決まっているらしく、荻野には足取りに迷いがなかった。藍《あい》色の着流しに、刀を落とし差しにしている。煮売り屋の提灯の明かりが、その凶悪そうな横顔を照らしていた。甚太郎はつかず離れずで尾行しているので、気づかれた様子はなかった。

しばらく行ったところで、荻野の姿が左にそれて見えなくなった。甚太郎が足を急がせて追うと、そこは伊勢太神宮《いせたいじんぐう》だった。鳥居の先に参道がつづいている。その両脇には、常夜灯を点《とも》した灯籠が並んでいた。荻野の姿はなかった。

甚太郎は周囲に注意の目を向けながら、恐る恐る足を進めて鳥居をくぐった。どこにも人の姿はなかった。境内の林が夜風に揺れたそのとき、

「やい、この唐変木《とうへんぼく》」

という声がして、甚太郎は肝をつぶしそうになった。背後を振り返ると、喉元に冷たい刃をあてられた。

「ひッ……」

甚太郎は一瞬にして体を凍りつかせた。

第四章　矢場《やば》

一

「いったい、おれになんの用だ」

荻野泰之助は甚太郎の喉に刀の刃先をあてたまま、前にまわりこんできた。常夜灯の明かりが、鋭い切れ長の目に映り込んでいる。

甚太郎は大きく目を瞠《みは》ったままだ。声が喉に張りついてしゃべることができなかった。

「……なにやつだ」

ぐいっと、刃先に力が入れられたので、甚太郎は顎をあげるしかなかった。

「そ、そ、その……」

喉がカラカラになって、つぎの言葉を発することができなかった。

「なにが、その、だ？　おれを尾《つ》けたのはどういうことだ。いえ……」

「か、刀を……」

必死の思いで震え声を漏らすと、すっと刀が引かれた。だが、荻野はそれで油断をしたわけではない。闇を吸い、鈍い光を放つ刀は、いつでも甚太郎を一刀《いっとう》両断《りょうだん》できる意思を持っていた。

「ひ、人違いだったんです。よく似てると思ったんで……後生《ごしょう》ですから、斬らないでください」

「人違い……、いったい誰に似てるというんだ？」

荻野はぐいと目を剝《む》いて、顔を近づけてきた。甚太郎は小便をちりびそうになった。いや、少し漏れてしまい、生ぬるいものが下穿《したば》きに染みる感触があった。

甚太郎は尻の穴にぎゅっと力を入れて堪《こら》えた。

うまくいい逃れをしなければならないが、斬られるかもしれないという恐怖で、頭が思うように働かない。

「なにを黙ってやがる。いわねえか」

境内の奥で、夜鴉《よがらす》がひと声「カァ」と鳴いた。

「その千歳屋の主が殺されまして……その下手人の歳と体つきが似ているような気がしましたので、へえ。別に悪気はなかったんです」

いったあとで、失言だったのではないかと冷や汗をかいたが、もう遅かった。

「千歳屋の……下手人だと……妙なことをいいやがる」

荻野は眉を上下させながら、唇を人差し指でなぞった。

「いま、殺されたといったが、千歳屋が殺されたというのか？」

「は、はい。ご存じないんですか？」

「知らなかった。……ふふ。だが、いいことを聞いた。そうかい、あの狸が殺されたか」

荻野は頬に薄ら寒い笑みを浮かべて、言葉を継いだ。

「すると、てめえは……」

さっと荻野の左手が、甚太郎の腰にまわって十手をつかんだ。

「……なるほど、そういうことか。おまえ、町方の手先ってわけだ。そうなのか？」

「は、はい」

「なら、おまえを斬ることはできねえな。あとでどんなことになるかわからないし、おれもそこまで危ない橋を渡ろうとは思わぬ」

　この言葉を聞いて、甚太郎はどれだけ救われただろうか。あまりの安堵に、膝から力が抜けて、へたり込みそうになった。

「と、とにかく、その刀を……」

　荻野は無言のまま、刀を鞘《さや》に納めた。甚太郎はほっと胸をなで下ろす思いで、肩に入っていた力を抜いた。

「話を聞きてえ。人殺しに間違われて、黙って帰すわけにはいかぬ。ついてきな。だが、妙な真似をすると、町方の手先だろうがなんだろうが容赦しねえ」

　荻野は甚太郎に十手を返して、先に歩きはじめた。

「おい、金は持ってるだろうな」

　甚太郎は荻野の背中を見て答えた。

「は、はい、少しなら」

「黙ってついてくるんだ」

　そのまま境内を出た荻野は、しばらく行ったところにある居酒屋の暖簾をくぐった。店の前は新川堀で、堀川の向こうには白漆喰《しろしっくい》の酒問屋の蔵が、闇夜にぽんやり浮かんでいる。

「この店の酒はうまいのだ。おまえも飲むがいい。どうせおまえの払いだからな」

荻野は短く笑って、酒と適当な肴《さかな》を注文した。客は六分《ぶ》の入りである。どの客もきこしめした顔をしており、声が大きくなっていた。下卑《げび》た笑い声をあげる酔客もいる。

「財布を出せ」

酒が届けられる間、暇を持てあましたように荻野がいう。二人は入口に近い入れ込みに座っていた。甚太郎はもじもじしながらも、あきらめて財布を差しだした。荻野はそれを奪い取るようにして、中身をたしかめた。

「しけた野郎……」

そういって、自分の懐にしまう。甚太郎は「あっ」と手を出したが、それを軽く払われた。荻野はおれを疑った償いにしては安いもんだといって、歯牙《しが》にもかけない。

酒が運ばれてくると、荻野は早速手酌ではじめた。じつにうまそうに酒を飲む。さっきから喉が渇いていた甚太郎も、半ばやけくそになって酒を飲んだ。盃を立てつづけに三杯ほす。すると、少しだけ気持ちが落ち着いてきた。

「千歳屋が殺されたのはいつのことだ？」

「へえ、三日ほど前のことです」

にやっ、と荻野は笑った。おそらく、期限が過ぎても催促されないと思ったのだろう。

「そうかい、そうだったのか。……それで、おまえはその下手人を捜しているってわけだ。その下手人がおれに似ていた。だからおれを尾《つ》けた。そういうことか……」

「ま、そういうことです。それに千歳屋に白無垢をあずけてあったのも気になったんです」

「あの白無垢か……。ふふ、あれはこそ泥が盗んだのをおれがもらいうけたものだ。ところで千歳屋を殺《や》った下手人の名は？」

「それがわからないんでございます。ただ、下手人を見た者がいまして……。それでなんとなく、旦那に似てるような気がしましたので」

甚太郎は無難な答え方をした。実際下手人のことはなにもわかっていない。

「下手人はおれに似た浪人か。貧乏御家人というわけだ」

「……だと思います」

「おまえを使っているのは誰だ？」

甚太郎は教えていいものかどうか躊躇《ためら》ったが、秀蔵の名を出せば、多少なりと荻野も怯《ひる》むだろうと思った。

「臨時廻り同心の横山秀蔵という旦那です」

「横山……秀蔵……。ほう、臨時廻りかい」

「さいです」

「下手人を捕まえたら、いくらか褒美の金は出るんだろうな」

「いや、それは……どうか……」

甚太郎は首をひねって、尻すぼみに言葉を濁した。

「おまえが手柄を立てりゃ、横山という同心からなにがしかの小遣いはあるだろう」

「それは、少しは……」

「ふむ。……少しか」

荻野はあてが外れたような顔をして、しばらく視線を彷徨《さまよ》わせた。その間に、塩辛と干鰈《ほしがれい》の焼き物と冷や奴が運ばれてきた。

甚太郎は考えた。この男は下手人ではない。しかし、横山秀蔵の小者として、事件に絡んでいるかどうかを訊ねておくべきだ。

「あの、ひとつお訊ねしますが、三日前の晩はどこにおられました？」

「三日前の晩だと……なるほど、千歳屋が殺された晩のことだな。おれはそんな物騒《ぶっそう》なことなどしちゃいねえから、正直に話してやる。女のところさ」

「女……」

「どこの女か知りてえか。ま、いいだろう、このまま疑われちゃおれとしても気持ちが悪い。お島《しま》という女だ。深川《ふかがわ》にある〈千草《ちぐさ》〉という料理屋で仲居をしている。もとはあひるで、おれが飼い慣らしはじめたところだ。ふふふっ……」

荻野は楽しそうに笑った。今夜もそのお島の家に行くところだったらしい。あひるとは、深川佃《つくだ》新地にある岡場所《おかばしょ》の女郎《じょろう》のことだ。

荻野はすでに甚太郎が知っている自分の住まいもあかしたあとで、こういった。

「ときどき、おれを訪ねてこい」

「え、どうしてです？」

「おまえはおつむが弱いんじゃねえか。おれがその下手人捜しを手伝ってやるといってるんだ」

「へっ……それは……」

「困ることはねえ。もし見つけたとしても、おめえの手柄にすりゃいいだけのことだ。だが、褒美はおれがいただく。それで、千歳屋はどこでどうやって殺された？」

これは妙なことになったと、甚太郎は思った。いっていいものかどうかわからないが、相手は助《すけ》をしてくれるというし、しかも下手人がわかったとしても甚太郎の手柄にしてくれるという。断る手はないだろうと思い、千歳屋殺しの一件を話した。

「それで、下手人を見たのは、どこのなんという野郎だ？」

これにはどう答えればいいか戸惑いを覚えた。誰も下手人を見た者はいないのだ。

「……それは、横山の旦那の聞き込みでわかったのでして、あっしにはちょいとわからないんです。ただ、風采《ふうさい》のあがらない浪人ふうで……」

いってから、しまったと思った甚太郎は、急いで訂正した。

「いいえ、旦那がそうだというんじゃないんです。体つきや年恰好がなんとなく旦那に似てるような気がしたんで……」

「気にすることはねえ、おれは見てのとおりの貧乏侍だ。だが、それだけわかってりゃなんとかなるだろう。業突張《ごうつくば》りの千歳屋のことだ。まずはやつの店に出入りしていたやつらを調べりゃいいだろう。それとも、千歳屋の狸爺、女でも囲ってやがったかな……」

荻野は妙に真剣な顔になって、思案をめぐらせた。それから不意に、甚太郎に目を戻して、「おまえの名は？」と聞いた。

「へえ、甚太郎と申します」

「おれは荻野泰之助という。これもなにかの縁かもしれぬ。よし、ひとつおまえの力になってやろう」

「力に……」

「下手人捜しを手伝うといっているのだ」

「へッ……」

「ただし、見返りはきっちりもらうことにする。いいな」

「は、はい」

「おまえの住まいは？」

「へッ、あっしの家ですか？」

「あたりまえだ。教えろ。おれも教えたのだ」

襟首をぐいとつかまれたので、甚太郎はしかたなく自分の長屋を教えた。

「町方の手先も八丁堀に住んでいるってわけか。ま、いいだろう。それじゃそういうことだ。帰っていいぞ」

「あの財布を……」

「馬鹿いえ、これはおれがもらったんだ。人を愚弄《ぐろう》しておいて調子のいいことぬかすんじゃない。それに斬られなかっただけでも拾いものと思え」

甚太郎はなにもいい返すことができず、すごすごとその店を出た。

二

りーん、りーん、と床下で鈴虫が鳴いていた。

ぐい呑みを静かに置いた菊之助は、悩ましげな顔で思案しているお志津を見た。

「考えてくれるのは嬉しいが、そう悩むことはない。先に休んだらどうだ」

菊之助がいうと、お志津が顔をあげた。

「聞けば聞くほど、清次さんの仕業ではないという思いが強くなるんです。お佳代さんも心配でならない様子ですが、一番弱っているのは当の清次さんなのですから、わたしもなにか役に立ちたいのですよ」

「その気持ちはよくわかる。だが、ことは殺しだ。それにお志津もやることはやってくれた。これ以上、首を突っ込むことはない」

「でも……」

「いいから。お志津の役目はもう終わりだ。あとはわたしにまかせておきなさい」

単なる聞き込みといっても、殺しが絡んでいる以上、お志津には危ないことをさせられない。菊之助はまたぐい呑みに口をつけて、さあ休めといった。

「ひとつ気になることがあるんです」

「なんだね」

色白のお志津の顔が、あわい行灯の明かりに染まっていた。

「金右衛門さんが殺されたのは夜でしたね。それなのに、提灯を持っていなかったのではありませんか……」

お志津は話をつづけた。

「金右衛門さんは提灯屋なのだから、夜歩きするときは当然提灯を持っていたと思うのです。もっとも、襲われたときに稲荷堀に落ちて沈んだのかもしれませんが、そうでなかったら、最初から提灯を持っていなかったということになります」

「……うむ、そうだ」

「菊さんは、金右衛門さんが店を出たのは七つ半ごろだったと、聞いてきましたね。金右衛門さんは、それまで店で仕事をしていたと」

「そうだ」

「それで、どこへ行くとも誰にも告げずに店を出られた」

「うむ」

「提灯を持って出られたのでしょうか？　それとも、持って出られなかったのでしょうか？」

菊之助は、はっとなった。これは大変な見落としだった。

「もし、金右衛門さんが提灯を持って出られなかったのなら、日が暮れる前に帰ってくるつもりだったのではないでしょうか」

「そういうことになる」

菊之助は手にしていたぐい呑みを膝許に置いた。

「提灯を持って出なかったのならば、行き先はおそらく提灯を必要としない、近いところだったということになる」

「そうですわ」

菊之助は壁の一点を凝視した。

清次が稲荷堀で上下屋金右衛門が襲われるのを見たのは、五つ半（午後九時）前だ。店を出たのが、七つ半……。それまで金右衛門がどこでなにをしていたか、今日の調べでもわかっていないが、重要なことである。

その間に下手人といっしょだったかもしれないし、どこかで落ち合っていたと考えてもおかしくない。もし、提灯を持って出かけていないとなると、店からそう遠くないところにいたと考えていい。

さらに下手人は金右衛門の居場所を知っており、なんらかの手段を使って呼びだした、あるいは自分から誘いだしたと考えられる。

菊之助は金右衛門の息子、上下屋与兵衛から聞きだした書付を、懐から出して眺めた。今日の昼間、会って話を聞いた者には×印をつけていた。そのほとんどは上下屋のある小網町三丁目の者たちだった。

「わたしもその人たちを……」

お志津が書付をのぞき込んでいった。菊之助はなにもいわずに顔をあげ、静かに書付を畳んだ。

「お志津、もう休んだほうがいい。わたしもそろそろそうする」

菊之助はなおも協力したいというお志津のことを、やんわりと拒んだ。


縫い物をつづける佳代の影法師《かげぼうし》が、障子に映っていた。角行灯の明かりは暗いので、眠気に襲われ目がしょぼつくと手許が狂いそうになる。

佳代はそのたびに眠気を払うように頭を振った。どうしても今夜のうちに、お志津に頼まれている袷の直しを終わらせたかった。

これが終わったら清次の仕事にかからなければならない。朝から晩まで高田屋で働き、帰ってくれば帰ってきたで仕事が待っていた。

休む間もない毎日だが、佳代にとってはそのほうが気がまぎれる。忙しく仕事をしていれば、母親の里はうるさいことをいわないし、聞きたくもない他人の悪口も聞かなくてすむ。些細《ささい》なことで口論をすることもない。

里も佳代が忙しくしていると機嫌がいい。ただ、今月は実入りがよくなるねえという、娘の稼ぎをあてにする言葉を吐かなければよいのだが、もうそういう科白《せりふ》は努めて聞き流すようにしていた。

その母親は隣の間で、すやすやと寝息を立てている。

佳代はお志津の袷を縫いあげると、表地と裏地の釣り合いがとれているか、丹念にたしかめて、裾の袘《ふき》を揃《そろ》えてしつけ糸をつけていった。清次のことで、とにかく世話になっている人の着物だから、いつになく丁寧になおしているのだ。

佳代はその日、高田屋の仕事が終わってから、清次の店にゆき、隣近所に上下屋金右衛門が清次を訪ねてきたことはなかったかと聞いてまわったが、誰もそんなことはなかったと口を揃えた。

けれども、清次のことをあからさまに下手人とする者がいた。

「人はわからねえもんだ。あんな男が、人殺しをするとはねえ」

「あんた、そんなこと聞いてどうするんだい。まさか罪人を庇おうってんじゃないだろうね」

心外なことをいわれた佳代は、そのたびに同じことを口にした。

「清次さんはまだ下手人だと決まったわけではありません」

キッと、強気な目をしていうと、相手は黙り込んだ。だが、悪《あ》しざまにいう者ばかりではなかった。

「殺された提灯屋は気の毒だけど、なにかの間違いじゃねえのかい」

という職人もいた。

「清次が人を殺すなんて、おれには考えられねえことだ」

そういって、佳代に同情の眼差しを向ける人もいた。とにかく人それぞれではあったが、清次と上下屋金右衛門に関係はなかったということだけは一致していた。

しつけをかけ終わった佳代は、ふっと肩を動かして嘆息《たんそく》をした。さっきから静かな虫の声がしていた。しまい忘れられた風鈴が、ちりんちりんと音を立てていた。

「ううぅ……」

隣の間で寝ている里が、短くうなって寝返りを打った。佳代はそんな母の背中を見つめて、やるせなさそうに首を振り、仕上げた着物を畳みにかかった。

明日はこの着物をお志津に届けて、今日清次の店の近所で聞いたことと、その後の調べがどうなっているか聞かなければならない。

とにかく清次が無事に帰ってくれれば、この家から出ることができる。母親の面倒を見るのはともかく、別れて暮らせるようになるのだ。

……清次さん。

佳代は宙の一点を見つめて、祈るように心の内でつぶやいた。

三

上下屋はすでに暖簾をあげていたので、仕事の邪魔にならないように、菊之助は裏の勝手口から訪ねた。おまつという下女に与兵衛を呼んでもらうと、すぐに当人がやってきた。

「まだなにか……」

と、与兵衛はいささか迷惑顔をした。主を亡くし、当主となった男だが、まだこの辺は若さだろう。

「聞き忘れたことがありましてね。その、金右衛門さんがあの日、提灯を持って出かけられたかどうかってことなんですけど、覚えていませんか?」

菊之助はまじまじと与兵衛の顔を見て訊ねた。

「提灯を……」

「出かけられたのは、七つ半ごろでしたね。まだ、その時分は明るかったはずです」

与兵衛は視線を短く泳がせてから、ちょっと待ってくれ、店の者に聞いてくるといって店先に戻っていった。

菊之助は上がり框に腰掛けて、居間と台所を眺めた。竈《かまど》の横にある煤《すす》けた柱に「火之要鎮」という札が貼ってあった。盥《たらい》で雑巾を絞っていたおまつと視線があったので、にこっと微笑んでやると、おまつは恥ずかしそうに目を伏せた。

「提灯は持っていかなかったようです」

与兵衛が戻ってきてそう告げた。

「持たずに出かけたってわけですね。すると、日が暮れる前に帰ってくるつもりだったんじゃないでしょうか」

「はあ……」

与兵衛は気の抜けた返事をして、まばたきをした。

「つまり、金右衛門さんは遠くに行かれたのではなく、近所に出かけられたということになりはしませんか」

「……」

「近所なら多少暗くても明かりなしでも帰ってこられる。だが、遠出するとなると、帰るころには暗くなっているはずだから、提灯を持っていくのがあたりまえでしょう」

「そういわれれば、そうですが……」

「すると下手人に襲われるまで、金右衛門さんは近所におられたのではありませんか」

「そういわれても、わたしには……」

与兵衛は誰かに救いを求めるようにまわりを見たが、誰もいない。おまつが雑巾を洗っているだけである。

「あの日だけでなく、金右衛門さんが行かれていたところに心当たりはありませんか?」

与兵衛は困ったように首をかしげて、家の外で父親がなにをしていたかはよく知らなかったという。下手に詮索《せんさく》すると、決まって怒鳴られるので黙っていたらしい。金右衛門の女房・おすえも同じようなことをいった。

「ま、いいでしょ。ちょっとあたってみましょう」

与兵衛からはこれ以上なにも聞きだせないと判断した菊之助は、上下屋の勝手口を出た。

「旦那さん……」

声がかけられたのは、裏道に出てすぐだった。振り返ると、下女のおまつが前垂れで手を拭きながら小走りに駆け寄ってきた。

「わたし、あの日、旦那さんが行かれた店を知っています」

大きく目を見開いていうおまつに、菊之助も目を瞠った。

「どこだ？」

「はい、思案橋の伊呂波という店です。おかみさんに魚河岸に使いをたのまれたとき、旦那さんが伊呂波に入られるのを見たんです」

「ほんとかい？」

「ええ。うちの旦那さんですから見間違うはずがありません」

菊之助は表情を引き締めて、表通りに目をやった。

「ありがとうよ」

礼をいって歩きだした菊之助には、まわりの景色も行き交う人の顔も見えなかった。伊呂波は清次と佳代が落ち合った店である。そして、清次は佳代より早く店に行き、待っていた。その同じ店に金右衛門がいたのだ。

菊之助は清次の顔を思い浮かべた。清次は金右衛門のことはよく知らなかったといった。しかし、それは嘘で、本当はなんらかの関係があり、なにかのやり取りをして揉めてしまった。あるいは、以前から遺恨《いこん》があり、先に清次が金右衛門を稲荷堀に呼びだしておいた……。これまで聞いたことを考え合わせると、苦しい推量だが、伊呂波でたしかめるしかない。

小網町の通りに出た菊之助は、足を急がせた。日本橋川沿いの河岸地には、商家の蔵が立ち並んでいる。船積《ふなづみ》問屋が多いので、腰切り半纏《ばんてん》に股引という人足や、商家の奉公人たちが荷物を担いだり、大八車《だいはちぐるま》に積んでいたりした。

菊之助は急ぎ足で思案橋を渡って、伊呂波の前に立った。当然、暖簾も出ていなければ、掛行灯も出ていない。「伊呂波」という字の走った腰高障子は開け放されており、薄暗い店のなかが見えた。土間の左に客席があり、衝立《ついたて》で仕切られている。

「ごめんください」

声をかけて、勝手に店の敷居をまたぐと、奥の調理場から片肌を脱いだ男が現れた。薄くなった頭に、豆絞りの手拭いを巻いていた。

「ご亭主ですか?」

「さようですが……」

伊呂波の主は無表情に答えた。

「わたしは研ぎ仕事をやっている荒金と申しますが、小網町の提灯屋で上下屋という店はご存じありませんか？」

菊之助はへりくだって訊ねた。

「知っておりますよ」

「主の金右衛門さんのことはどうです？」

伊呂波の主は一瞬目を細めた。

「稲荷堀で殺されたって話じゃありませんか」

「そのことです。じつはその日、金右衛門さんがここに来ているようなんです。覚えてませんか？」

「あの日、うちに……」

主は首をかしげて、自分は調理場にいるので、客のことはわからないといった。金右衛門を知っているのは、何度か店の提灯を注文したかららしい。

「それじゃ、誰か覚えている人はいませんか」

そう聞いたとき、二階客間につながる階段から下りてきた女がいた。あら、お客さんと軽い声でいって、菊之助を見た。まだ、若い女である。

「ちょうどよかった。おまえ、提灯屋の金右衛門さんのことは知っていたな」

「ええ」

「あの人が殺された日だが、この店に来たらしいんだ。覚えてないか？」

「覚えているわ。でもどうして？」

女は菊之助と主を交互に見た。

「これはうちの娘でして……」

主が紹介すると、娘はおみやだと自己紹介した。菊之助も名乗って、再度同じことを訊ねると、

「そこの席に座って、弥吉《やきち》親分と話をされていましたよ」

と、おみやはさらりといった。

「弥吉親分……それは？」

「よくは知りませんが、両国の矢場《やば》を仕切っている人だと聞いてます」

「そのとき、金右衛門さんはどのぐらいこの店にいただろうか？」

「さあ、半刻ぐらいだったかしら……。弥吉親分もいっしょに帰られましたけど」

菊之助は明るい調子でいうおみやから視線を外して、腕を組んだ。

半刻というと、上下屋から伊呂波までかかった時間を入れると、この店を出た

のは暮れ六つ（午後六時）過ぎ。多めに考えても六つ半（午後七時）前ということになる。

清次は二階座敷で佳代と会っているので、やはり金右衛門との接点はなかったと考えるべきだ。それより、弥吉という男を調べなければならない。

四

食い合わせが悪かったのか、甚太郎は朝から腹の具合がよくなかった。厠《かわや》に通うことたびたびで、安物の塵紙《ちりがみ》で尻を拭くと薄い皮膚がひりひりと痛むようになっていた。

「大丈夫ですか？」

いっしょに聞き込みをつづけている次郎が心配そうにいう。

「薬を飲んだから、そろそろ治るだろう」

さっき、大伝馬町《おおてんまちょう》の薬屋で腹薬を買って飲んだばかりだ。

二人は朝から秀蔵の指図で、千歳屋の客を訪ね歩いているのだった。秀蔵が帳簿を見て、目をつけた客である。男ばかりではなく、女もいるし、なかには寺の坊主もいた。

「つぎはどこだ？」

甚太郎は下腹をさすりながら、げんなりした顔でいう。

「二丁目の指物師《さしものし》です。こいつですよ」

次郎が書付を指先で示した。堀留町二丁目の裏店に住む研助《けんすけ》という指物師だった。

「それじゃ、行くか」

甚太郎はよたよたした足取りで大伝馬町の角を曲がった。

「次郎、おまえは荒金の旦那から剣術を教えてもらっているといったな」

「菊さんが暇なときにときどき……」

「強くなったか？」

甚太郎は自分より背の高い次郎を見あげるようにして聞く。

「どうですかね……。でも、前より腕はあがったといわれますけど……」

次郎はまんざらでもない顔でいう。

「そうかい」

と、応じた甚太郎は黙って歩いた。捕り物のおりに次郎が、罪人を押さえたり、刀を振りまわす相手に十手で立ち向かうのを何度となく見ている。そのたびに、甚太郎は次郎の度胸に感心していた。しかし、それは多少なりとも剣術の心得があるからこそできることだとわかっている。

甚太郎は捕り物のときには、怪我をしないように離れていることが多いし、秀蔵にも危ないことはやらなくていいといわれている。その言葉に甘えているのだが、ときには五郎七や次郎のように、勇敢な働きをしたいという気持ちがあった。

ところが、昨夜はどうだ。これはあやしいと思った荻野泰之助を尾行したはいいが、気づかれて脅されてしまった。しかも刀を突きつけられて、小便をちびったのだ。おまけに財布まで奪い取られてしまった。

悔しいが、このことを次郎にいえば、恥をかくだけだから黙っているしかない。腕に覚えがあれば、昨夜のように舐められることはないはずだ。

「甚太郎さんも習えばいいのに……」

「習えって……誰にだ?」

「横山の旦那に決まってるでしょ。甚太郎さんはいつもいっしょにいるんだから。おいらは忙しいときにしかお呼びのかからない男ですからね」

「だめだな。横山の旦那が教えてくれるわけがねえ。ただでさえ忙しい身なんだ。

そんな暇なんかねえさ」

「……そうですか。あ、このあたりじゃないですか」

次郎は立ち止まって狭い通りを眺め、近くの木戸番小屋に足を向けた。研助の住まいを訊ねると、すぐにわかった。半町《ちょう》ほど先の長屋だったのだ。

その路地に入って、研助の家を探した。木戸口に近い家は二階建てで、横に通した綱や物干し竿に洗濯物が無造作に吊されていた。ところどころどぶ板の外れた路地を、猫が気だるそうに歩いていた。

研助は腰高障子を開け放して、仕事をしている最中だった。三十前後の男で、ころころ太っていた。甚太郎が用件を告げると、

「なんでそんなことを……」

と、研助は首をかしげた。甚太郎たちは相手が警戒するのを嫌って、千歳屋南兵衛が殺されたことは口にしない。

「ちょいと調べたいことがあってな。それで、どうだい？」

甚太郎は十手をちらつかせて聞く。大概の者は十手を見せるだけで、下手に出てくる。仕事場と居間、そして寝間を兼ねた狭い六畳の板の間には、杉や檜《ひのき》や桐《きり》といった板材と、道具が散らかっていた。

「七夕の前の晩だったら表の〈多吾作《たごさく》〉で飲んでたんじゃなかったかな」

　研助は思いだす目つきをして答えた。

「多吾作ってのは？」

「この長屋を出てすぐのとこにある飯屋ですよ。日が暮れると酒を飲ませてくれんです」

「多吾作にいたのは間違いねえな」

「あの店で酔って、帰ってきてそのまま朝まで寝てましたよ。だけど、なんの調べなんです？」

「たいしことはねえさ。邪魔したな」

　甚太郎は家のなかに刀がないか目で探っていたが、粗末な茶簞笥《ちゃだんす》と開け放された行李《こうり》の横に乱雑に畳まれた布団があるぐらいで、とくに気になるものはなかった。

「当てはずれのようですね」

　きびすを返しながら次郎がいった。

「それは、多吾作でたしかめてからだ」

　甚太郎は先輩らしく次郎をたしなめた。そのまま多吾作に行って、件《くだん》の晩のことを店の者に訊ねると、研助の証言に嘘はなかった。さらに、研助は途中で酔いつぶれ、店の女将《おかみ》に送り届けられてもいる。

「しょうがねえな。次郎、あたる人間が多いから、これからは手分けしてやろうじゃないか。どうせ、この界隈だ。終わったら、荒布橋の茶店で落ち合おう」

荒布橋のたもとによく立ち寄る掛け茶屋があった。

「おいらもそうしたほうがいいんじゃねえかって思っていたんです」

「それじゃおれは、伊勢町と瀬戸物町《せとものちょう》のほうをまわることにする。おまえはあとを頼む」

「へえ、わかりやした」

次郎が気さくに返事して去っていくと、甚太郎は伊勢町にまわった。この町にも足しげく千歳屋通いをしている者がいた。

塩河岸を横目に道浄橋《どうじょうばし》を渡ったとき、甚太郎の顔がにわかにこわばった。橋のそばに荻野泰之助が立っていたのだ。口の端にいたぶるような笑みを浮かべ、

「よお、よほどおぬしとおれは縁があるようだな」

といって近づいてきた。

五

「なにをしておるんだ。ああ、例の聞き込みだな。真面目に役目にいそしんでいるというわけだ。いや、感心、感心」

荻野はそういいながら甚太郎の華奢《きゃしゃ》な背中をばんばんたたく。

「そうだ、おまえに話をしておかなければならぬことがある。そこの茶店でちょいと話そう。ついてまいれ」

甚太郎は逃げだしたいが、そういうわけにもいかない。荻野の背中を恨めしげににらんだあと、いやいやながらあとにしたがった。

「それで、どうだ。捗《はかど》っておるのか?」

雲母橋《きらず》そばの茶店の縁台に腰をおろした荻野は、店の小女《こおんな》にてきぱきと注文をして、運ばれてきた饅頭《まんじゅう》を頬張り、茶をずるずる飲みながら聞いた。

「へえ、なかなか思うようにはいきません」

「しょぼくれたことをいうんじゃない。おれも手伝ってやるのだ」

「はあ……」

「それで、おまえを使っている町方には聞いたか？」

「は、なにをです？」

甚太郎は口を半開きにして荻野を見た。

「なにをって、褒美の件に決まっておろう。おれはおまえに手柄を立てさせる。その代わり、その褒美をおれが頂戴する。そういう約束ではないか」

甚太郎は足許に視線を落とした。そんな約束などしていないじゃないかと心中でぼやくが、声にだすことはできない。

「聞いていないのなら、早く聞いておけ」

「へえ……」

「それでだな。さっき、千歳屋にまいって話をしてきたのだ」

「なにをです？」

甚太郎は顔をあげた。

「千歳屋の女房に下手人を見つけてやるから、賞金をくれないかと申したのだ」

「……それで？」

「気前のいい女房だ。二十両払うといった」

「ほんとですか」

甚太郎は目を丸くした。二十両といえば、五人家族が二、三年は暮らしていける金である。もし、甚太郎が手柄を立てたとしても、秀蔵の懐から出される褒美は二、三両程度だ。それでも大金に違いないのではあるが……。

「おれもさんざん千歳屋には儲けさせてやったからな。そのぐらいの金をもらっても罰《ばち》は当たらぬだろう。もっともおれのことは、町方には他言《たごん》するなと口止めは忘れておらぬ。下手に邪魔が入ってはかなわぬからな」

「荻野さんにはなにかあてがあるんですか？」

「あて……」

荻野は頰の無精髭を掌でぞろりとなでて、ふふっと、短く笑った。

「ないことはない。おれにはなんとなく見当がついておるんだ」

「どういうことです」

甚太郎は思わず身を乗りだした。すると、荻野が見返してきた。

「……ここでおまえにしゃべるわけにはいかぬ。こういうことはこっそりやるもんだ。おまえだって、同じように調べているのではないか。そうじゃないか」

「ま、それは、そうですが……」

「なに、おおむねわかったら、おまえにはちゃんと話す」

おれは自分で調べるといって、荻野は金を払うために甚太郎の財布を出した。あ、それはおれの、と思わず手を伸ばしたが、ぺしりとはたかれた。

「人の金に手を出すやつがあるか。ここはおれが奢《おご》ってやる」

そういって、荻野は代金を払ってさっさと歩き去った。


甚太郎は荻野の広い背中を見送って茶屋を離れた。ところが、緊張していたせいか、また下腹のあたりがグルグル鳴りだした。これはいけないと思い、腹を押さえながらあわてて厠を探した。江戸の町は、こういった急を要するときは便利だ。その辺の長屋に入れば、路地奥に必ず厠がある。

甚太郎は瀬戸物町のとある長屋に入り、奥の厠に飛び込んでしゃがんだ。板壁の隙間から外の明かりが筋となって漏れ射している。

その節穴に目を凝らしながら、荻野のことを考えた。どうも下手人捜しに自信のある口ぶりである。ひょっとすると、本当になにか手掛かりをつかんでいるのかもしれない。

それではその手掛かりとはなんだろうかと、普段使わない頭で考えてみた。荻野は千歳屋に頻繁に出入りしている。ということは、他の客のことも少なからず知っているはずだ。すると、その客のなかに下手人がいる。もしくは疑わしい人物に見当をつけているのかもしれない。

……そうだろうか。

しゃがみ込んだままじっと節穴を見る。穴の横に一匹の蛾《が》が張りついていた。蝿《はえ》も飛びまわっている。丸出しにした尻が、厠の穴から吹きあげてくる風でスースーする。そのとき、ときどき秀蔵にいわれる言葉を思いだした。

――悪党ってやつは、てめえの罪を隠すために、ときにおれたちの味方になったりもする。あっさり人の言葉を信用するんじゃねえぜ。とりあえず疑ってかかるんだ。そのうえで、そいつのいった言葉の裏を調べる。それが常道《じょうどう》だ。

甚太郎は、はっと目を瞠《みは》った。ひょっとすると、自分はまんまと荻野に騙されているのかもしれない。もし、そうだったら、とんだヘマをしていることになる。

これはいけねえ。それじゃどうするかと頭をめぐらした。考えついたのは、荻野の言葉の裏を取ることだった。そうだ、まずはそれが大事だ。

厠を出た甚太郎は、当面の調べを後まわしにして、深川に足を急がせた。なんだか妙に気持ちが高ぶっていた。自分がまともな仕事をしているような気がする。

日本橋川沿いの道を急ぎ足で歩き、永代《えいたい》橋を渡って深川に入った。額に浮かんだ汗を手の甲でぬぐい、荻野の女のことを胸の内でつぶやいた。

名はお島で、もとあひる。そして千草という料理屋の仲居だ。

深川に入った甚太郎は、まず一ノ鳥居に近い深川黒江町《くろえちょう》の自身番に入って、詰めている番人に千草という料理屋を訊ねた。わからないという。つぎの町に行って同じように自身番を訪ねて聞く。すぐにはわからなかったが、四軒目の自身番で料理屋千草の場所がわかった。

その自身番と同じ、十五間川《じゅうごけん》に面した永代寺門前山本町《えいたいじもんぜんやまもとちょう》にあったのだ。だが、千草の表戸は閉まったままだった。まだ昼前だからしかたないだろうが、念のために裏の勝手口にまわった。すると、千草の主らしい男が、表の井戸端で野菜を洗っていた。

「ちょいとお訊ねしますが、千草の方で……」

一心に大根を洗っていた男が、顔を振り向けてきた。さいですが、という。そばの笊《ざる》のなかに里芋と葱《ねぎ》と小松菜が入っていた。

「あっしはこういうもんです」

十手をちらつかせると、千草の亭主は着物の裾で手を拭いてあらたまった。

「店にお島という女を雇っていませんか？」

「お島……あの女がなにかやらかしましたか？」

亭主は認めてから聞き返してきた。

「なにをやったというんじゃないんです。ちょいとたしかめなけりゃならないことがありましてね。家はどこです？」

亭主はすんなりお島の家を教えてくれた。

八幡《はちまん》橋に近い深川黒江町に、お島の住んでいる長屋があった。木戸番小屋でお島の家を教えてもらい、路地を進んだそのとき、お島の家からひとりの男が出てきた。ちらりと甚太郎を見て、顔を隠すように長屋を出ていった。どういうことだと思って、その男を見送ってお島の家の戸をたたいて声をかけた。

「なんだい、あいてるよ。忘れもんかい？」

蓮《はす》っ葉《ぱ》な声が返ってきた。甚太郎が戸を開けると、お島は人違いだったという顔をした。その髪は乱れていた。さらにお島は襟をかき合わせて取り繕《つくろ》った。部屋の奥に、布団が二つ折りにしてあった。

なるほど、そういうことかと甚太郎は思った。女は魔物とはこのことだ。

「邪魔するぜ」

甚太郎は勝手に上がり框に腰をおろした。誤解があってはならないので、戸は開けたままだ。

「どなたかしら？」

「ちょいと聞きたいことがあって来たまでだ」

甚太郎は十手をちらつかせて言葉を足した。

「荻野泰之助という御家人を知っているな」

お島は硬い顔でうなずいた。裾からのぞく脹《ふく》ら脛《はぎ》が透きとおるほど白い。甚太郎はさっき千草の亭主が洗っていた瑞々《みずみず》しい大根を思いだした。

「四日ほど前のことだ。もっといやあ、六日の晩だが、ここに荻野さんが来ていると思うんだが、どうだ……」

お島は視線を泳がせながら、後れ毛を指先でうしろに流した。

「六日だったら、へえ、あの旦那はここに泊まっていきましたよ。店に寄ってからですけどね」

「店に寄ったのは何刻ごろだ？」

「早かったですよ。六つ半ごろだったかしら、それから店がはねる夜四つ前までいて……」

それからいっしょにこの家に戻ってきたと、お島はいった。すると千歳屋南兵

衛殺しには無関係ということになる。甚太郎はかすかな落胆を覚えたが、

「それだけ聞ければいいんだ。いっとくが、おれのことはしばらく荻野さんには
これだ」

と、口の前に指を立てた。

「約束を破ったら、たったいまこの家を出ていった男のことを荻野さんに話さなきゃならない。わかるな。おれのいってることが……」

お島は硬い表情でつばを呑み、黙り込んだままうなずいた。

表に戻った甚太郎は、ひとまず荻野に対する疑惑が消えたと思ったが、永代橋の手前までできて、待てよと立ち止まった。お島は隅に置けない女だ。荻野という男がいながら、他の男を家に連れ込んでいる。さっきの言葉を鵜呑みにしていいのだろうか……。

もし、荻野が下手人なら、お島を抱き込んでいるかもしれない。町方が訪ねてきて、六日の晩のことを聞かれたら、自分といっしょだったといっておけと。そう思うと、さっきお島が自分の問いかけにすんなり答えたのが、不自然な気がする。

しかし、下手人は他の人間かもしれない。荻野はその下手人に心当たりがあり

そうなことをいっているのだ。それじゃ、荻野を尾《つ》けてみようか。今度こそは悟られないように、荻野を見張るのだ。それもひとつの手かもしれない。

よし、やってみようと、口を引き結んだとき、また下腹がチクチクしはじめた。

これはいかんと思った甚太郎は、また厠を探すことにした。

六

両国西広小路《にしひろこうじ》は相も変わらずのにぎわいである。大道《だいどう》芸人が客を集めていれば、物売りが声をあげながら人込みを練り歩く。幟《のぼり》をはためかせた筵《むしろ》がけの芝居小屋には、人がたむろして、鼠木戸《ねずみきど》で入ろうかどうしようかと話し合っている。三人の客を前に、つばを飛ばしながら張り扇を打ち鳴らしている辻講釈。四、五人で物見遊山《ものみゆさん》をしている江戸勤番の侍の姿があれば、相撲取りや虚無僧《こむそう》の姿もある。着飾った町娘が袖を振りながら歩き、道端にはひもじそうな目で通行人たちを眺めている物乞いがいる。

どんと、大きな太鼓の音が鳴り、「あたりー！」と、黄色い声がひびいた。

菊之助はここ広小路で、弥吉捜しをつづけていた。矢場の親分といわれる弥吉は、金右衛門が殺される前、伊呂波でいっしょに酒を飲み、そして連れだって店を出ている。

いまのところ、金右衛門殺しに最も近い男が弥吉である。

だが、弥吉を捜しあてることはなかなかできなかった。下手に矢場の雇い人に声をかければ、警戒されて逃げられる恐れがある。ここは慎重な調べが必要だった。

弥吉が営んでいる矢場は、伊呂波の娘・おみやがいったとおり両国に三軒あった。菊之助はその二軒で遊び、いま三軒目に来ているところだった。

その店は吉川町《よしかわちょう》の堀そばにあった。表は莚がけになっているが、店の脇には裏へ通じる土間があった。菊之助はその土間奥にときどき目をやっていた。

矢場は単に楊弓《ようきゅう》で遊ばせるのではなく、矢取女《やとりおんな》に春をひさがせる商売を兼ねている。どちらかといえば、後者の上がりが多いのだ。それゆえに、矢取女は化粧を濃くし、少しでも美しく見せようとしているし、外れた矢を集めるときには、わざと赤い蹴出《けだ》しを見せたり、裾を端折《はしょ》って、白い脛《すね》をちらつかせたりする。

客のところに矢を運んでいけば、そのとき意味深《いみしん》な目配せをしたり、大きく開いた胸元を強調したりする。

菊之助は色気をちらつかせる矢取女が来ると、さもその気があるようににやけた笑みを浮かべてやり過ごしていた。

「お客さん、気を入れてちょうだいな」

意味深なことをいって、また矢を持ってきた女がいた。

「そうだな」

と、軽く受け流して菊之助は矢を構える。

弓は二尺八寸（約八五センチ）、矢は九寸二分（約二八センチ）。的までの距離は、七間《けん》半（約一四メートル）だ。これはどこの矢場に行っても変わることはない。菊之助は座敷にどっかりあぐらをかいたまま、矢をつがえて、狙いを定めた。ここだと思って、ひょいと射る。

矢は空気を切り裂きながら的に飛んでいったが、大きく外れた。隣の客の矢は跳ね返されて、的のそばに落ちた。それを矢取女が這《は》うようにして拾いに行く。このとき女は、わざと尻を高く突きあげたり、太股をちらつかせたりして、客の目を惹《ひ》くのを忘れない。

どん、と太鼓が打ち鳴らされた。

「あったりぃー！」

端の客が的の真ん中に命中させたところだった。矢取女たちが、きゃっきゃと黄色い声をあげて、その客を持ちあげた。

菊之助はつぎの矢をつがえて、放った。

今度は命中。太鼓が鳴り、女たちがはしゃぐ。

「一休みしよう」

菊之助は矢取女にいって、座敷の隅に控えた。

「他のお遊びはよろしいんですか？」

茶を持ってきたやり手婆《てばばあ》がそんなことをいう。

「うむ、もう少し遊んで考える」

「いつでも声をかけてくださいましよ。うちにはいい子が揃ってますからね」

うひひと、やり手婆は欠けた歯を掌でふさいで笑った。菊之助はゆっくり茶を飲んで暇をつぶす。さっきの店にもその前の店にも、男の姿はなかった。直截《ちょくせつ》に弥吉のことを聞きたくなったが、我慢していた。

茶を飲んでいると、土間奥から自分に注がれる視線に気づいた。ふと、そっちを見ると土間奥を隠す長暖簾がさっと下ろされた。そばに矢取女がいて、菊之助の視線を外した。二軒めにいた年増女だ。さっきまでこの店にはいなかった。

不審に思われているのかもしれない。こうなると長居は無用だ。菊之助は茶を飲んだら、店を出ようと思った。弥吉を捜す手段は他にもある。

しばらくして店を出ると、近くの茶店に腰掛けた。そこからさっきの矢場を見通すことができた。

「おまえさん、あの矢場の主を知っていないかい？」

やってきた店の小女に声をかけると、

「へえ、弥吉親分でございましょう」

という返事があった。「親分」――。伊呂波のおみやも親分といった。

「親分……。ひょっとして筋者《すじもの》か？」

「いいえ、違いますよ。みんなそう呼んでいるだけです。体が大きくて貫禄があるから、そう呼ぶんだと思います」

「この辺じゃ名の通った男というわけだ」

「さあ、それはどうか知りませんけど。うちは店が近いですし、弥吉親分もときどき見えますから」

小女は小首をかしげたあとで、肩をすくめて愛想《あいそ》よく微笑んだ。

菊之助は茶に口をつけながら、さっきの矢場にそれとなく視線を向けた。すると、二、三人の男の影がちらついた。菊之助が見ると、男たちは背を向けた。どうやら自分を見張っているようだ。しかし、なぜ、と菊之助は胸の内でつぶやく。

弥吉のやっている三軒の店に、女も買わずに長居をしたからか……。もしくは弥吉にはやましいことがあって、それを警戒しているのか。いずれにしろ、目をつけられていることに変わりはない。だが、弥吉の顔をたしかめたいし、弥吉に詳しい人間にあたりをつけたい。

だが、ここで騒ぎや揉め事になるのは避けなければならない。菊之助は腰を据えようと思っていた茶店をそうそうに離れ、広小路の雑踏に紛れた。弥吉のことは自分ではなく、人を使って探らせるべきかもしれない。それじゃ誰が適当かと考えた。幾人かの顔が頭に浮かび、最後にお志津の顔を思いだした。いや、だめだと首を振ったとき、背中に人の視線を感じた。

人間の持つ勘は馬鹿にできないときがある。気のせいかもしれないが、振り返らずに雑踏《ざっとう》を抜けて、米沢町《よねざわちょう》に入った。徐々に人の姿が減ってくる。広小路でやむことのない、笛や太鼓の音が徐々に遠ざかる。しかし、背後に迫る人の気配は強まるばかりだ。

医者町《いしゃまち》と呼ばれる薬研堀《やげんぼり》埋立地に入ってから、背後を振り返った。三人、いや四人の男が迫っていた。どれもこれも褒められた人相風体《ふうてい》ではない。弥吉のまわし者か……。

だが、菊之助は知らぬふうを装って歩きつづけた。このあたりには医者が多く住んでいるが、艾《もぐさ》や小間物《こまもの》、あるいは茶、塗物などの問屋もあるし、大きな料理屋も店を構えている。それだけに通行人の姿も少なくない。

男たちがただの脅しでついてきているのかどうかわからないが、人目のあるところでの騒ぎは避けるはずだ。ところが、それは菊之助の勝手な思い込みでしかなかった。

「おい、待ちな」

ひとりの男が〈川口屋《かわぐち》〉という料理屋の前で声をかけて、立ち塞《ふさ》がるようにまわり込んできた。他の三人が逃げられないように背後に立った。

「なんの御用で？」

菊之助は町人のなりをしている。そのまま町人をよそおった言葉遣いをした。

「ちょいと聞きてえことがあるんだ。ついてきな」

ぐいと肩を鷲《わし》づかみにされて引っ張られた。菊之助は、むっと眉間《みけん》にしわを刻んで、その手を払おうとしたが、騒ぎになるのを嫌って、そのまま男たちに導かれていった。連れ込まれたのは、医者町の南側にある武家地の通りだった。人通りは極端に少ない。いや人の姿がなかった。

「なにを聞きたいんです？」

　菊之助が立ち止まっていったとたんだった。そばにいた男に、いきなり足払いをかけられた。警戒はしていたが、すっかり虚をつかれてしまい、菊之助は無様《ぶざま》に大地に尻餅をついた。それだけではなかった。倒れたところへ、いきなり足蹴りが飛んできたのだ。胸を蹴られて、後ろにのけぞった。ついで、胸の上に足をのせられ、片頬を踏みにじられた。

　男たちは明らかに喧嘩なれしていた。相手を押さえるツボをよく心得ている。

「やい、てめえ何者だ？」

　ひとりの男がしゃがみ込んで、菊之助の頬をぴしゃぴしゃはたいた。

「何者もなにも、こんな乱暴をされる覚えはない」

　いったとたん、鼻っ柱に拳骨《げんこつ》が見舞われた。

　一瞬目から火花が散り、鼻のあたりに生ぬるいものの広がる感触があった。ついで、腹を思い切り殴られた。息が詰まり、海老のように体を折り曲げた。腹の底から、ふつふつと怒りが湧いてきたが、抵抗すべきかどうか考えながら、薄目をあけて男たちの顔をしっかり眼底に焼きつけていった。

「おい、ふざけた真似するんじゃねえぜ」

鼻を殴った男が言葉を重ねた。

「なにもそんなことは……」

また、いきなり殴られた。今度のは強烈で、頭がくらっとして、意識が遠のいた。

第五章　混迷

一

「妙な真似すると、命を縮めるぜ」

男は一言吐き捨てると、仲間を連れて去っていった。

のびたように片頬を地面につけていた菊之助は、その男たちの後ろ姿をしばらく眺めていた。にやっ、と口許に笑みを漂わせて、ゆっくり起きあがった。頭がくらくらする、鼻と口のあたりを手の甲でぬぐうと、血がべっとりついた。手拭いで丹念に拭き取り、よたよた歩きながら横山同朋町《よこやまどうぼうちよう》のとある長屋に入り、井戸端で顔を洗って、水を飲んだ。

ふうと息をつき、さっきの男が吐き捨てた科白を思いだした。

……命を縮めるぜ。

単なる脅しかもしれないが、気になる科白だ。

男たちは弥吉の仲間である。そして、親分と呼ばれる弥吉は、金右衛門が殺される前に、伊呂波でいっしょに酒を飲んでいる。ということは、金右衛門は弥吉となにか問題を起こしていた可能性もある。

町方なら簡単に弥吉をしょっ引き、厳しく訊問《じんもん》し、事件当日のことを詳しく聞きだすことができ、また金右衛門との仲を問い質《ただ》すこともできるだろうが、あいにく菊之助は市井《しせい》に埋もれて研ぎ師を稼業とする浪人にすぎない。秀蔵の手を借りようかという考えも浮かんだが、千歳屋殺しの一件で忙しいだろうし、安易な頼みごとも憚《はばか》られる。それに、まだ自分で調べられる範疇《はんちゅう》である。

さて、どうするかと、高い日射しを顔に浴びて考えた。いくつかの案が浮かぶと、そのなかのひとつを実行しようと、また両国広小路に戻ることにした。最前の男たちに顔を知られているので、気をつけなければならないが、菊之助もさっきの男たちの顔はしっかり脳裏に焼きつけている。

再び、広小路の雑踏に戻ると、弥吉の矢場の近くで商売をしている大道芸人や講釈師に目をつけていった。それから一軒の茶店に入り、注文を取りに来た小女

に、

「あの矢場のそばで講釈を垂れている男がいるが、いつもあそこにいるのかね」

と、聞いた。小女は、その講釈師に目を向けて答えた。

「ときどきあそこにいるようですけど、毎日ではありません」

「そうか……」

菊之助はそういって、小女を見た。まだあどけない顔をしている。見つめられるのが恥ずかしいのか、目をそらして、ご注文はと聞く。

「あの矢場を仕切っているのは弥吉という人らしいが、知ってるかね？」

「……よくは知りませんけど、顔ぐらいなら」

菊之助はこの子でいいと思った。

「すまないが、ちょっとここに長居をする。もし、弥吉さんが現れたら、教えてくれないか。それとなく、ここで見ているから……」

菊之助は小女に小粒をにぎらせて、誰にも内緒だよと釘を刺した。

「教えるだけでいいんですね」

「そうだ。その葦簀《よしず》の陰にいるから、弥吉さんが来たら呼んでくれないか」

「はい。でも、どうしてそんなことを……」

小女は大きな目をまばたきさせて、小鳥のように首をかしげた。

「小父《おじ》さんは、町方の手伝いをしている者だ。ちょっと調べたいことがあるだけで、おまえさんに迷惑をかけるつもりはない。だから、ちょっとだけ力を貸してくれ。それから、このことは店の人にも黙っておいてくれるかい」

「は、はい」

小女の名は、おゆうといった。

菊之助は葦簀の陰に身を移して、腰を据えた。葦簀の隙間から漏れ射す日の光が、背後の板壁に縞《しま》を作っていた。

矢場には見物客と、座敷にあがって遊ぶ客がいる。矢取女たちがはしゃぎ声をあげて、太鼓が打ち鳴らされる。菊之助を痛めつけた男たちの姿は見えない。矢場は傍目《はため》には賑《にぎ》やかで、楽しそうだ。

それから半刻が過ぎたが、弥吉らしい男の姿は現れなかった。おゆうが茶を差し替えにやってきて、こんなことをいった。

「弥吉さんは、夕方にならないと滅多に店に顔を出しませんよ」

「夕方……」

菊之助は葦簀の向こうにある日を見た。まだ、夕刻までには時間がある。

「まいい。待つことにしよう」

無駄になるかもしれないという思いが頭にちらついたが、粘ることにした。

二

深川から日本橋の魚河岸に戻った甚太郎は、先に調べなければならない千歳屋の客をあたっていた。千歳屋南兵衛が殺されたころ、どこでなにをしていたかが焦点であるが、疑わしい者にはなかなか行き当たらなかった。もっとも、帰りを待たなければならない職人もいるので、それは後まわしにした。

「その日でしたら、家にいましたよ。なにせ遊ぶ金にもこと欠くほどですから、表で酒を飲むなんてことは滅多にありません」

そう答えるのは、室町三丁目の浮世小路にある海苔《のり》問屋の奉公人で、名を友吉《ともきち》といった。

「ちゃんと嘘じゃないと証せるかい?」

相手が華奢で、自分の敵でないとわかると、甚太郎は高飛車《たかびしゃ》に出ることができる。それに十手の威力もある。

「嘘なんか申しませんよ。いったいなんのお調べなんです？」

甚太郎はそういう友吉の目をのぞき込むように見る。嘘か、そうでないかは、だいたい目の動きでわかる。

「ちょいとしたことを調べているだけだ。それで、おまえさんが六日の晩に家にいたことを知っている者はいないか？」

「いますよ。隣で煙管作りをしている彦作《ひこさく》という職人と将棋を指していましたから」

「煙管作り……居職《いじょく》の職人だな」

「へえ」

「邪魔をした」

甚太郎は友吉にさっと背を向けると、そのまま瀬戸物町にまわった。彦作の長屋である。煙管職人の彦作は、仕事が一段落したのか、家のなかで煙草を喫《の》んでいた。甚太郎が声をかけると、目を輝かせた。

「どうぞ、お入りなさいまし。煙管の御用でしょうか？」

彦作は梅干しのようにしわの多い老人だった。

「そうじゃない。二つ三つ訊ねたいことがあるだけだ」

甚太郎はそういって、十手をちらつかせ、わかるだろうと言葉を重ねた。彦作はそれでも嬉しそうな笑みを浮かべる。好奇心の勝った目だ。

「なんでしょ。なんでもお訊ねください、わたしで役に立つことでしたらなんでも話しますから」

そういって彦作は茶を淹れてくれる。どうやら話し好きらしく、その相手を待っていた素振りだ。

「六日の晩のことだ」

「六日……そりゃまた、何日前になりますかね……」

彦作はそういって、指を折ってひぃ、ふぅ、みぃと数える。

「七夕の前の晩だよ」

「あ、そうか、そうですな。さ、あまり褒められた茶ではありませんが、どうぞ遠慮なく」

甚太郎は勧められた茶を手にした。

「あの晩は、たしか隣の友吉さんとこれをやっていたんですよ。一杯やりながら、指していたんです。旦那は将棋のほうはどうです。やられますか? いや友吉さんもなかなか腕を上げましたが、まだまだわたしには及びませんで、手応えのある相手を探しているところなんですよ」

やはり話し好きだ。

「その将棋だが、どれくらいやっていた。友吉が店から帰ってきてすぐだったか、それとももっと遅かったか……」

「友吉さんが店から帰ってきて、湯屋に行ってきたあとですよ。そうですね、六つ半ごろでしたかねえ。それから、何局もやりましてね。お開きにしたのは木戸口が閉まるころでした」

これでは話にならない。友吉は事件に関係ない。

甚太郎は適当に彦作の相手をして長屋を出た。下痢はようやく治まったが、なんだか疲れていた。一休みしようと思った。お園の店はすぐ近くだ。町屋の裏路地から表の大通りに出る。人の往来がいきおい多くなる。甚太郎は日本橋方面に歩き、室町一丁目にあるお園が働いている茶店に入った。

すぐにお園と目が合った。どちらからともなく笑みを交わすと、すぐそばにお園がやってきた。

「お仕事の途中……」

「ああ、ちょいと一服しようと思ってな」

「それじゃ、お茶でいいの?」

「熱いのがいいな。今日は冷てえのはどうも……」

「わかったわ。すぐ持ってくる」

お園は別段美人というわけでもない目立たない女だ。悲しそうな、小さな泣き黒子《ぼくろ》があるが、それがお園の顔を寂しく見せていた。それでも、甚太郎にはかけがえのない女である。

「お煎餅《せんべい》、置いておくわ」

茶を持ってきたお園は、煎餅を添えて微笑んだ。店は普段ほど忙しそうではない。

「今度はいつが休みだい?」

「いつもといっしょよ。甚太郎さんは?」

お園の休みは、毎月朔日《ついたち》と十五日と晦日《みそか》と、決まっていた。江戸の多くの商家も、職人たちもだいたい同じ日を休みにしていたが、年季奉公中の者に月の休みは与えられないことが多い。

「おれはいま抱えている役目が一段落してからだ」

「なにかあったのね」

「ああ……」

なにを調べているか、それは滅多に人に話してはならない。町方についている小者の常識だった。だが、お園は別だ。

「千歳屋という質屋の主が殺されたんだ。その下手人捜しだ」

「人殺しを……」

お園はびっくりしたように細い目を見開いて、掌で口を塞いだ。

「なかなか手掛かりが見つからなくてな。おっと、人に漏らすんじゃねえよ」

「わかってるわ。でも、その質屋さんだったらうちの近所よね。同じ長屋に住んでいる杉浦《すぎうら》というお侍がときどき通っているらしいわ」

甚太郎はさっとお園を見た。

「そりゃ、本当かい？」

「ええ、人付き合いの悪い浪人で、いつも怒ったような顔をしているの。家で傘張り仕事をしているけど、ときどき千歳屋さんに通っているらしいって、同じ長屋のおかみさんたちが噂しているから……」

甚太郎は杉浦という浪人の名が、秀蔵の書付にあったかどうか、思いだそうとしたがわからなかった。その書付は次郎が持っている。あとで落ち合ったら聞いてみようと思った。

新しい客が入ってきたので、お園はそちらに行った。ひとりになった甚太郎は、荻野のいった言葉を思いだした。

——おれにはなんとなく見当がついておるんだ。

そういった荻野の目には、何気ない自信があった。ほんとうに荻野は下手人に心当たりがあるのかもしれない。しかし、いまその荻野がどこにいるかわからない。

ぼんやりそんなことを考えて、表に目を戻したときだった。たったいま考えていた荻野泰之助の姿があったのだ。品川町《しながわちょう》のほうから通りに出てきたところだった。脇目もふらず、足を急がせている。

甚太郎は葦簀の陰で小さくなって、荻野を見送ると、そっとあとを尾けることにした。

三

日が大きく西に傾き、広小路が落日に染められはじめたころだった。

「あの男はどうだ？」

と、おゆうに聞いたとき、

「そうです、あの人です」

という答えが返ってきた。菊之助は弥吉に目を戻した。やっと会えたという思いが、にわかに心をときめかせた。弥吉は一度店のなかに入って、すぐ表に戻ってきた。ひとりの矢取女と短く談笑すると、そのまま柳橋のほうに足を向けた。

そこへ、二人の男が、どこからともなくするすると近づいてきて、三人で歩きはじめた。

あとからやってきた二人は、菊之助に乱暴をはたらいた仲間だった。

相手は三人か……。

菊之助は表情を引き締めて、尾行を開始した。弥吉の姿は目立った。萌葱《もえぎ》色の単衣《ひとえ》に、銀鼠《ぎんねず》の帯、それに白足袋《しろたび》に雪駄である。見るからに堅気《かたぎ》とは思えないなりだが、肩で風を切って歩くわけではない。むしろそばについている二人の男が、すれ違う通行人を威嚇《いかく》するようにしている。

やくざとは聞いていないが、両国で矢場を三軒もやっているのだから、ただの堅気とは違うはずだ。裏では両国界隈を仕切るやくざとのつながりもあるだろう。

弥吉は柳橋から浅草瓦町まで足を進め、一軒の蕎麦屋《そば》に入った。小腹を満たすためらしい。菊之助はそばの茶店で見張った。茶を注文したが、口にはしなかった。通りを行き交う人の影法師が長くなっている。

小半刻ほどで、弥吉は表に現れた。それから鳥越橋《とりごえ》の手前を折れて、川沿いに歩いていった。夕風が出てきて心地よくなった。

それは浅草猿屋町《さるやちょう》に来たときだった。背後から不意に声をかけられたのだ。

「また、おめえか」

声はすぐ後ろにあった。前を歩く弥吉に気を取られていたので油断していたが、今度は即座に反応して、相手の先制攻撃をかわすように間合いを取った。声をかけてきたのは、菊之助を殴った男だった。

「なんの真似だ」

「道を歩いちゃだめなのか？　それにしても、さっきはずいぶんな挨拶をされたもんだ」

菊之助はいい返した。これで、弥吉に自分のことが知れてしまったと思ったが、もうどうしようもない。あとは開き直るだけだ。

「でけえ口を利きやがる野郎だ。さっきは手加減してやったが、今度はそうはいかねえぜ」

「図に乗るな」

「なんだと！」

男の形相がいきなり険しくなった。金壺眼《かなつぼまなこ》を見開き、顔を紅潮させた。菊之助はちらりと弥吉のほうを見て、内心で舌打ちをした。二人の男がこっちに小走りで戻ってくるところだった。うまくすれば、やり過ごせるはずだったが、そうはいかないようだ。

「兄貴、どうしました。あ、てめえは……」

やってきたひとりが菊之助に気づいて、剣呑《けんのん》な目ににらみを利かせた。

「この野郎、いってえなんのつもりだ」

「なんだ、てめえは……」

あとから来た男が襟をつかみに来たので、菊之助は軽くいなすように払った。

「と……。てめえ、生意気なことを……」

手を払われた男がにらみ返した。小太りで、筋肉質な体をしていた。

「殴られるのはごめんだ。おれはこっちに用があるから歩いていただけだ。それに因縁《いんねん》をつけられては、おちおち表を歩けないことになる」

「おいおい。これが偶然というのかい。おれたちをおちょくるんじゃねえぜ」

兄貴分が詰め寄ってきた。菊之助はだらんと両手を下げた自然体で正対した。

「おちょくるもなにもない。因縁をつけているのはそっちだろう」

「ふざけるな！」

やはり、兄貴分は殴ってきた。菊之助はその腕をつかむと、懐に体を入れて、腰に乗せるなり投げつけた。

「うぐッ……」

兄貴分は地面にしたたかに背中を打ちつけて、苦しそうにうめいた。あとの二人が気色《けしき》ばんだのはいうまでもないが、蟷螂《かまきり》のように痩せた男が、懐から匕首《あいくち》を出して閃《ひらめ》かせた。

「そんなもん出したら、怪我するのはそっちのほうだ」

菊之助は悠然といい放ち、蟷螂のほうへ足を進めた。蟷螂がさっと匕首を振りあげて、振り下ろした。菊之助は半身をひねってかわすと、足払いをかけて倒した。

「野郎ッ！」

今度は小太りが横からかかってきた。こちらもいつの間にか匕首を手にしていた。近くを通りかかった者たちが、突然の乱闘騒ぎに立ち止まっている。

菊之助はかかってきた小太りの一撃を、腰を低くしてかわすなり、振り下ろしてきた腕をつかみ取って、背中にねじりあげた。つかんでいた匕首が、ぽろっと、その手から足許に落ちた。

「いてて……放しやがれ」

「そうはいかぬ。殴られて、因縁をつけられて黙っているわけにはいかぬからな」

菊之助は侍言葉で返した。

「お待ちください」

弥吉がやってきて、間に入った。

「どういう経緯《いきさつ》かわかりませんが、放してやってもらえませんか」

弥吉は丁寧な言葉遣いをした。だが、その目には普通の者にない光がある。菊之助は蟷螂を放してやった。あとの二人ものっそり立ちあがって身構えたが、

「おまえら、こんなところで騒ぎを起こすんじゃない」

と、弥吉にたしなめられ、おとなしくなった。

それから弥吉は菊之助に視線を戻した。人を値踏みするようないやな目つきだ。

「お急ぎですか？」

「いや」

「なら、ついてきてもらいましょう。なに、手荒なことなど考えちゃおりませんので、どうかご安心を」

弥吉はそういって、さっと背を向けた。手下の三人が、菊之助に来るんだというように顎をしゃくった。

弥吉が案内したのは、浅草元鳥越町《もとどりごえちょう》にある小さな料亭だった。表通りから一本脇に入った武家地に隣接する目立たない場所だ。門も竹戸で作られており、うっかり見落としそうで、まさかそこが料亭だとは気づかないだろう。

しかし、竹戸の門を入ると苔《こけ》むした石庭を縫うように石畳が玄関までつづいている。長い土庇《どびさし》のついた戸口を入ると、一畳大の三和土《たたき》の向こうにある式台《しきだい》に、女将《おかみ》とおぼしき女が手をついており、「お待ち申しあげておりました」と、丁寧に挨拶をして、楚々《そそ》とした所作《しょさ》で客間に案内した。

書院《しょいん》造りの部屋で、床の間に一輪の花が、ぽんと投げ入れられている。一幅《いっぷく》の掛け軸には流麗な仮名文字が走っていた。開け放された縁側の向こうには、枯山《かれさん》水《すい》を模した庭園があった。静謐《せいひつ》である。

「料理はあとでいい。話がすんだあとで呼ぶ」

弥吉は女将を下げてから、菊之助に顔を向けた。手下の三人は部屋の隅に控えている。

「どうやら御武家のようですな」

弥吉は齢《よわい》五十ぐらいだろうか。落ち着いたものいいをする。鬢《びん》は白くなっているが、髷《まげ》は豊かで黒い。目尻に笑みを浮かべているが、目は鋭く、菊之助の心を読もうとしている。

「もとはそうだが、いまは市井に埋もれている身だ」

「ご浪人というわけですか……。だが、そのなりだと町人そのものだ。ところで、わたしになんの御用で？　昼間わたしの店で遊んでもらったようですが……」

菊之助は弥吉をじっと見据えた。どうやら誤魔化《ごまか》しは利かないようだ。

「もしや、上下屋の件では……」

菊之助が口を開く前に、弥吉は煙草入れを取りだしてそういった。菊之助のこめかみが、ひくと動いた。

「なぜ、そうだと？」

「上下屋金右衛門さんが不幸にあわれた晩に、わたしは会っております。いずれ町方の聞き込みを受けると思っておりました。そうではありませんか？」

煙管に火をつけて、弥吉は菊之助を凝視《ぎようし》した。手下のひとりが煙草盆を弥吉のそばに移した。紫煙がゆっくり目の前を流れた。

「正直に申そう。わたしは町方の息がかりだ」

手下たちは顔を見合わせたが、弥吉は口許に笑みを浮かべて、煙管を吸いつけた。

「やはりそうでしたか。しかし、あの件はすでに下手人が捕まっているのではないですか」

「そのことも耳に入っているのか」

「こう見えても、世間の動きには敏《さと》いほうです」

「あの日の夕刻、伊呂波という店で金右衛門殿に会っているが、いったいどんな話をした？」

菊之助は武士言葉に変えた。

「提灯注文の礼です」

「提灯の……」

「七夕は終わりましたが、盂蘭盆《うらぼん》はまだこれからです。上下屋さんは七夕の祭りと盂蘭盆にあわせて、提灯や灯籠の注文を受けておりました。……相談を受けたわたしの口利きがあってのことです」

弥吉は煙管を灰吹きに、コンと打ちつけて言葉を継いだ。

七夕祭りはわりと静かであるが、盆にあたる十三、十四、十五日は、盆踊りで市中はにぎわう。提灯や灯籠が使われるので、提灯屋は忙しい時期を迎える。

「口利きとはどんなことを……」

「寺社地での祭りには香具師《やし》が顔を利かせます。上下屋さんはかねてより、そういった祭りの提灯や灯籠の注文をほしがっていた。だから話をつないでやった。ただ、それだけのことです。伊呂波での話は、注文の品を無事納めることができ、売り上げを伸ばすことができたという礼です」

「それだけで別れたというわけか」

「他には用はありませんからね。金右衛門さんと別れると、そのまま他の店に繰りだして飲んでおりました。米沢町の〈桂木《かつらぎ》〉という料理屋です。疑われるなら桂木に行ってたしかめられるといい」

弥吉は自信たっぷりだ。自分にはなんの非もないという目であるし、誤魔化しているようでもない。

「どこの香具師を仲介したのだ？」

「愛宕《あたご》界隈を仕切っている完五郎《かんごろう》という男です。律儀《りちぎ》で気《き》っ風《ぷ》のいい男ですよ。わたしとはつかず離れずの仲でしてね」

「完五郎にはどこへ行けば会える」

「お会いになる？」

「念のためだ」

「日蔭町《ひかげちょう》に行って完五郎のことを聞きゃすぐにわかるはずです」

四

日が暮れかかっている。甚太郎は長屋に戻った荻野を木戸門の外で見張っていたが、いっこうに出かける様子がない。荻野が家に戻って小半刻はたっている。

夕焼けの空も徐々に翳《かげ》りはじめていた。もう、荻野は家を出ないのかもしれない。それに甚太郎は、お園から聞いた杉浦順三郎《じゅんざぶろう》という浪人のことが気にかかっていた。自分の書付にはなかった男だ。ひょっとすると、次郎が調べているかもしれない。そのことが気になったし、また次郎と落ち合うことにもなっている。

どうしようかと躊躇《ためら》ったあとで、甚太郎は夕まぐれの町屋を眺めてから、次郎と待ち合わせをしている茶店に足を向けた。

表通りに出ると、魚河岸前の通りを歩いた。この時期夕河岸は少ないので、人通りもまばらだった。残照に映える日本橋川を二艘の猪牙舟がゆっくり下っていた。

荒布橋そばの茶店にも人の姿は少なかった。葦簀掛けの店の奥に目を凝らしたが、次郎の姿はない。甚太郎は縁台に腰をおろして待つことにした。

横山の旦那は下手人の手掛かりをつかんだだろうか……。寛二郎さんや五郎七さんはなにをしているだろうか……。他人の仕事を気にしてもしかたないが、自分はまるっきり見当外れのことをしているのではないかという不安に駆られる。おまけに、次郎と分担して調べなければならないことを残したままだ。

後手にまわって遅れをとっているかもしれない。そうなりゃ、おれはやっぱり間抜けということになる。甚太郎はふうと、ため息を夕風にながして、情けないように両眉を垂れ下げた。目の前を仕事帰りの棒手振《ぼてふり》が過ぎていった。

次郎がやってきたのは、それからほどなくしてからだった。

「やあ、来てましたか」

気さくな声をかけて、次郎は甚太郎の横に腰をおろした。

「終わったか？」

「ええ、早く終わったんで、甚太郎さんを待っていたんですが、遅いようなので他をまわってるうちに、偶然にも横山の旦那に会ったんで、ちょいと付き合ってたんです」

「で、どうなんだ？」

次郎はだめだというように首を振った。

「手掛かりがつかめねえってぼやいてました。千歳屋の女房が一枚噛んでるんじゃねえかと思ってたようですが、その様子はないそうで……。それで甚太郎さんのほうは？」

「なにも出てこないな。まあ、やることはやってるつもりだが……」

荻野泰之助のことを口にしようか躊躇ったが、甚太郎は喉元で留めた。

「それじゃ、おいらといっしょだ。もっとも、殺しですから下手人も滅多なことじゃ尻尾を出さないってことでしょう。それって、結局は前もって殺しを企《くわだ》てていたってことですよね」

「……そうだろうな」

「千歳屋の亭主は、柳橋で遊んでいますが、柳橋の最初の店でもご機嫌だったといいますから、その前にどこで遊んでたのかが気になったんですが……」

「わかったのか？」

甚太郎は次郎に顔を向けた。

「はい。横山の旦那が突き止めていました。伊勢町の〈卯の花亭〉という料理屋で引っかけていたのがわかったそうです。女将をさんざんからかって、これから柳橋に繰りだすんだといってたそうで……」

「ひとりだったのか？」

「らしいですよ」

次郎は足許の小石を蹴ってから、

「そうそう、提灯屋の上下屋もその店を贔屓《ひいき》にしていたらしいです」

と付け加えた。

「稲荷堀で殺された金右衛門のことか……。ありゃ下手人が捕まっているからな」

「菊さんは、あの下手人は違うといっていますが……」

「そうなのか？」

「よく聞いてませんけど、そんなことといってました。で、どうします？　横山の旦那がなにもなきゃ、もう帰っていいといっていましたが……」

甚太郎はそこで、お園から聞いた杉浦順三郎という浪人のことを口にした。

「その浪人だったら、とっくにあたっていますよ。あの浪人は違います」

「そうだったか。じゃあぼちぼち帰るか」

「そうしましょう」

甚太郎はその場で次郎と別れて、八丁堀の自宅にまっすぐ足を向けた。いったん日が暮れだすと、暗くなるのが早い。甚太郎が江戸橋を渡るころには、火が入れられたばかりの軒提灯や行灯の明かりが、宵闇にくっきり浮かびあがっていた。

自宅の長屋に入り、行灯に火を入れると、どっと昼間の疲れが押し寄せてきた。しばらくなにもする気が起きず、ぼうっと宙の一点を見つめてから、あらためて家のなかを眺めまわした。狭いなと思う。お園の家も似たり寄ったりの裏長屋で狭い。いっしょになるとしたら、どっちに越すかと相談したとき、

「甚太郎さんの仕事の都合を考えると、こっちがいいんじゃないかしら。わたしはしばらくいまの店で働くつもりだけど、朝は早くないからここでも平気よ」

と、初めてこの家に来たときにいってくれた。

そのとき、思いやりのある女だと、つくづく思ったものである。だが、赤子が生まれることを考えると、せめてもう一間はほしい。それには金がかかるが、なんとかできる気がする。そのためにも、なにかひとつ手柄を立てておきたかった。

……明日も足を棒にするしかないか。

胸の内でつぶやいたとき、腰高障子に影が出来た。つづいて、声がかけられた。

「甚太郎、戻ってるんだな」

「へえ」

甚太郎は聞き覚えのある声に答えて戸を開けた。目の前に荻野が立っていた。

五

菊之助は弥吉と別れたあと、自分で作った書付に記した人物に会っていた。

金右衛門と商売の取引をしていた浅草瓦町の紙問屋・田中屋圭助である。上下屋が提灯に使う紙は、すべて田中屋からの仕入れだった。疑わしいことはないか、それとなく探りを入れてみたが、田中屋と上下屋は良好な関係のようだ。これは、上下屋の跡取り与兵衛もそのようなことをいっていたから、嫌疑人から外してもかまわなかった。

商売の関係でいうと、炭町の竹問屋・越前屋もあるが、これは明日、香具師の完五郎に会いに行くついでにあたろうと考えていた。

いま、菊之助はとっぷり日の暮れた道を歩いて、伊勢町に入ったところだった。腹も空いているし、歩き詰めで疲れてもいた。まっすぐ帰って湯にでも浸かってのんびりしたいところだが、清次のことと清次を心配している佳代のことを思うと、

——しょせん他人事《ひとごと》なのだからという気持ちを持ってはならぬ。

と、自分を戒めるのであった。

そんな菊之助をお人好しという者もいるが、乗りかかった船から降りるわけにはいかないし、結果はどうであれ、人事は尽くさなければならないと思うのである。

暖簾をくぐって入ったのは、金右衛門が贔屓にしていた卯の花亭という料理屋である。十坪ほどの店だが、土間席を作らず入れ込みの客間を広くとってある、なかなか小体《こてい》な店だった。

菊之助は酒と香《こう》の物が届くと、運んできた女中に自分のことを名乗り、主の茂

三郎と話ができないかと訊ねた。

「ちょっとお待ちください。聞いてきますから」

さいわい店は忙しそうではなかった。客の入りも三分程度だ。香の物に手をつけ、三杯目の盃に取りかかったとき、主の茂三郎が平身低頭でやってきた。

「お初でございますね」

と、茂三郎が相好を崩して、菊之助の前に腰をおろした。

「仕事中に申し訳ないが、二、三、訊ねたいことがあるんだ。こんななりをしているが、町方の仕事を請け負っている者だ」

菊之助は面倒を避けるため、先にそういってから金右衛門のことを口にした。

「その件でしたら存じておりますが、あの日はうちには見えませんでした」

「その前はどうだ？」

茂三郎は首筋をかきながら考える目をしたあとで、口を開いた。

「金右衛門さんがああなる四、五日前でしたか、大事な方だというお客を連れてこられたことがありました。その夜は、宵五つ（午後八時）まで貸し切りにしてくださいましてね」

「大事な客というのは？」

「なんでも大きな注文をとってくださったという方でした」

「香具師ではないか」

　茂三郎は驚いたように目を大きくした。

「愛宕界隈を仕切っている完五郎という男だろう」

「へえ、さようです。五、六人の連れがおられまして、金右衛門さんのご接待だというので、ずいぶん派手に飲んで帰られました」

「そのとき、揉め事などは起きなかったか？」

「いいえ、金右衛門さんもご機嫌な様子でした。お互いに商売繁盛がなによりだと、にこにこされていましたよ」

　弥吉の仲介で金右衛門も完五郎も懐を潤したということか。すると、完五郎も嫌疑人から外すべきかと思い、盃をあげかけたとき、

「でも、どうしてそのことをお訊ねになるのです。下手人は捕まったのではありませんか」

　と、茂三郎が声を低めて真顔を近づけてきた。

「そうだが、捕らえられた下手人はどうも人違いのようなのだ」

「……まことで……すると、あのとき……」

菊之助はあげかけた盃を置いて、茂三郎を凝視した。

「あのときとはどういうことだ?」

茂三郎は他の客を気にするように見て、視線を菊之助に戻した。

「はい、金右衛門さんがご一行さんを見送られるときに、わたしも店の表に出たんでございますが、そのとき気になることを耳にしたんです」

それは、完五郎と連れが機嫌良く飲み食いをし、金右衛門の見送りを受けて店を離れようとしたときのことだった。

茂三郎は金右衛門のすぐそばで、何度も辞儀《じぎ》をして見送っていたのだが、それまで笑みを絶やさなかった完五郎が、急に厳しい顔つきになって、

――金右衛門、今日はすっかり馳走《ちそう》になった。だが、これで誤魔化したつもりじゃねえだろうな。

と、釘を刺すようなことをいった。

――ヘッ、なんのことでございましょう?

金右衛門は一瞬きょとんとして、完五郎を見た。

――ケチなことをすりゃ、命が縮むってことだ。よく覚えておくんだ。

「完五郎の旦那は、そういって帰っていかれたんですが、酒で顔を火照《ほて》らしてい

た金右衛門さんの顔は紙のように白くなっておりました。ですから、殺されたと聞いたとき、もしやと思ったことがあったんでございます」

「主、いまのこと、他の者には漏らすな」

「へえ、滅多なことじゃいえないことですから、それはもう……」

「それで、他に気になるようなことはなかったか？」

「気になるといえば、きっとあの方は用心棒だと思うのですが、目を合わせるだけでゾッとするようなお侍がごいっしょでした」

「侍……」

「病気ではないかと思うほど顔色の悪い方です。痩せている人でした。その方だけは一度もにこりともされませんで……」

「名は？」

「さあ、そこまでは……」

　茂三郎は首をひねった。

　完五郎への疑いを一度解いた菊之助だったが、やはりあたらなければならないと思いなおした。その後、いくつかのことを訊ねたが、茂三郎から聞きだせることはなかった。

店を出た菊之助は、わずかに火照った体を夜風にあてた。茂三郎から気になることを聞いたばかりの頭は、妙に冴《さ》えていた。

金右衛門は完五郎に、「これで誤魔化したつもりじゃねえだろうな」といわれている。さらに、「ケチなことをすりゃ、命が縮むってことだ」とも――。

いったいどういうことだと、夜空にまたたく星を仰ぎ見て考えた。金右衛門は完五郎と取引をしたはずだ。それもうまくいったはずだ。なのに、脅しとも取れることを完五郎にいわれている。

考えられるのは礼金をケチったということだ。だが、それだけで殺されるような理由になるだろうか。殺されるとすれば、もっと根深いものがなければならない。

完五郎は香具師である。香具師といえばやくざに通じるところが少なくない。彼らがもっとも大切にするのが義理だ。金右衛門は商売の世話になった完五郎に義理を欠いていたのか……。それじゃ、その義理とはなんだ……。

ゴーンと、夜空を宵五つの鐘が渡っていった。

菊之助は家に帰るかどうか躊躇ったが、ついでにもうひとりあたろうと考えなおした。金右衛門が昵懇《じっこん》にしていたという将棋仲間だ。

菊之助は星明かりを受ける日本橋川沿いに、小網町河岸を大川に向かって下っていった。ここに来て、下手人に辿《たど》り着けそうな予感がしてならなかった。聞き込みは無駄になるかもしれないが、今日のうちにできることはやっておくべきだった。

湊《みなと》橋を渡り霊岸島に入って、霊岸島の酢醤油問屋・近江屋を探した。提灯を持たない菊之助は、宵闇に目を凝らしながら近江屋を探しあてた。新川の河岸地に面した大きな商家だ。間口はゆうに十間（約一八・二メートル）はあった。

表戸をたたき、訪《おとな》いの声をかけると、脇の潜り戸が開いて、小僧の顔がのぞいた。夜分の訪問を詫び、為蔵さんに会いたいと告げると、すぐに取り次いでくれた。

為蔵は白髪の隠居老人だった。見た目は老けてはいるが、口調や所作は矍鑠《かくしやく》としていた。

「どうぞどうぞ、こちらへ」

上下屋金右衛門のことで話があるというと、為蔵は白い眉を動かして、奥の居間に通してくれた。立派な将棋盤が部屋の中央にあったが、それを脇にどけて、

「それで、いったいどんなことを……？」

為蔵は興味ありげな目を向けてきた。菊之助は正直なことを打ち明けた。金右衛門殺しの下手人は他にいて、清次は間違って牢につながれている。清次が下手人でないという証拠はいくつかある。金右衛門と清次が揉め事を起こすような間柄ではなかったことなどである。

「それに、金右衛門さんが襲われるほんの少し前に、清次はお佳代という女と将来を誓い合っているのです。そんな浮いた話をしたあとで、人を殺すようなことは、まずないはずです。そのことを抜きにしても、清次は凶器に使われた刀を持ってはおりません」

「ふむ、なるほど、あんたのおっしゃりたいことはよくわかる」

まあ、お茶をと、為蔵は下女が運んできた茶を勧めた。

「わたしもじつは、どうもおかしいと思うことがあるのですよ」

茶を持ってきた下女が下がると、為蔵はいきなりそんなことをいった。

「じつはですな。金右衛門さんが不幸にあわれる二日前のことでした。妙に気になることをあの人がいったんですよ。ここで、こうやっていつものように将棋を指しているときのことでした」

「それは……」

菊之助は身を乗りださずにはおれなかった。

「なにやら弱り切った顔で、まずいことになっているかもしれないというのです。そりゃ、わたしに詰まされそうになっているから、そんなことをぼやいたのだろうと思ったのですが、そうではなかった」

そのとき、金右衛門はいつもより元気がなかったらしい。どこか加減でも悪いのかと為蔵が聞くと、

――別段そんなことはありませんが、旦那に会えばいつも心が落ち着きますんで……。

そんなことをいって、じっと盤面を心ここにあらずの顔で見つめていたという。

「それからしばらくして、また妙なことをいいます。やっぱり相手が悪かったのかなと。そういって悩ましげな顔で深いため息もつきます」

「……………」

「いったいどうしたんだ、今夜のあんたはおかしいよと申しますと、商売のことでちょいと欲を張っちまったかもしれません。人間欲をかくといけませんなと、心許ない顔で苦笑いをします。まあ、商売を長くやっていればいろいろあるから、小さなことで気にすることはないよと、その場はいってやったんですが、それか

ら日もたたないうちに、金右衛門さんが殺されたと聞いてびっくりしたんですよ」

「それで……」

「へえ、まさかと思いましたが、そのときすぐにあの人がぼやくようにいったときの顔が瞼《まぶた》の裏に浮かんだんですよ。ところが、明くる日に下手人が捕まったと聞いて、そのことは忘れようとしていたのですが、妙に心に引っかかっておりましてな」

「どんな欲をかいたのか、相手が悪いとは誰のことだったのか、それはわかりませんか」

「聞いておれば、とうに話しておりますよ」

菊之助は乗りだしていた身を、ゆっくりもとに戻して、唐紙《からかみ》に映る自分の影法師を長々と見つめた。庭で鳴いていた虫の声が急に大きくなり、行灯の炎がふらりと揺れた。

六

「どこへ行くんです」

甚太郎はさっきから無言で歩きつづける荻野に問うた。二人の提《さ》げているぶら提灯が、閑散とした夜道を照らしていた。そこは、お堀から駿河台《するがだい》に向かう錦《にしき》小路だった。周囲は武家地で旗本屋敷の長塀がつづいている。

「荻野さん、教えてくれてもいいでしょう」

甚太郎がもう一度声をかけると、荻野が急に立ち止まった。

「もしかしたら、これから斬り合いになるかもしれぬ」

「斬り合いに……」

甚太郎はゴクッとつばを呑んで、まばたきもせず荻野を見た。提灯の明かりに染められた頰の削《そ》げた荻野の顔は、硬くこわばっていた。

「ああ。おれはようやく、あることを嗅《か》ぎつけた」

「なんです？」

「おまえのお陰で、おれはどえらい稼ぎができるかもしれぬ」

荻野のいっていることがまったくわからない。

「とにかくこの先だ。話がついたらおまえにも教えてやる。だから黙ってついてくるんだ」

荻野はそういって歩きだしたが、半町ほど進むと、また足を止めて、周囲の屋敷に視線をめぐらした。たしかこのあたりのはずだがと、ぶつぶつ独り言をいう。

「なんという方の屋敷です？」

「白木又右衛門《しらきまたえもん》という旗本の家だ」

「それじゃ、すぐにわかりますよ。ここでお待ちを」

甚太郎はそういうなり、尻端折りして駆けだした。行くのは辻番所《つじばんしょ》である。武家屋敷には表札もなければ、住所を示す番地もないので、近くの辻番で聞くのが常識である。案の定《あんのじょう》、番人に聞いて、白木又右衛門の家はすぐにわかった。

「さすが町方の手先はこういったことには機転が利く」

めあての屋敷がわかると、荻野は甚太郎を褒めた。

白木又右衛門の家は冠木門《かぶきもん》こそあるが、近隣の屋敷に比べると小さいほうだった。荻野はその門の前で、短く思案してから、

「おまえはやはりここで待っておれ。おれが話をしてくる」

そう甚太郎にいいつけて、門扉《もんぴ》をどんどんとたたき、「頼もう」と大声を張りあげた。すぐに慌てたような足音がして、戸が小さく開けられた。

「拙者は、荻野泰之助と申す。ご当家の殿に他には漏らせぬ大事な話があってまいった。お目通り願いたいので取り次いでもらいたい」

「はて、大事な話とは……」

応対に出てきたのは年老いた中間《ちゅうげん》だった。

「長崎屋の一件だと申せばわかるはずだ。早く取り次げ」

「あ、はい。しばしお待ちを」

中間は解《げ》せぬ顔で引き返したが、すぐに戻ってきて、荻野を屋敷内に入れた。

表に取り残された甚太郎は、荻野が口にしたことを頭のなかで考えた。

……長崎屋の一件。どういうことだろうか？　捜しているのは千歳屋南兵衛殺しの下手人である。長崎屋とは、はてどこの店のことだろうか……。

さっきは斬り合いになるかもしれないともいった。そんなことを考えていると、足音がして、門扉が開き、憮然《ぶぜん》とした顔で荻野が戻ってきた。

「くそ、無駄であった」

忌々《いまいま》しそうに吐き捨てて荻野は来た道を引き返す。甚太郎は急いで追いかけた。

「いったいどういうことで……」

「白木又右衛門の野郎、二月前にぽっくり死んだそうだ。当主は倅《せがれ》になっておった。あれでは話にならぬ」

「その長崎屋というのはどこの店です？」

「本石町《ほんこくちょう》の阿蘭陀《おらんだ》宿だ」

「あの長崎屋……」

四年に一度、江戸参府《さんぷ》をする阿蘭陀人を宿泊させる定宿《じょうやど》である。今年の二月にも長崎から一行が来ていた。阿蘭陀人の江戸滞在は二、三週間である。その間、長崎屋には普請《ふしん》役と町奉行所の組同心が各二名ずつ詰める。

「それと白木又右衛門とどういう関係が……」

「千歳屋に質草を持ち込んで、考えられぬ稼ぎをした野郎がいる。おれは前からおかしいと思っていたんだ。そやつを問い詰めたところ、質草は白木又右衛門から頼まれたものだったというわけだ」

「中身は？」

「知らぬ。だが、よからぬものに違いない。白木は長崎奉行所の御調役《おしらべやく》だったのだ。だから阿蘭陀人から譲り受けたよからぬものだったのだろう」

「はあ……」

御調役とは、阿蘭陀人の求める品物や将軍への献上物を検閲《けんえつ》したり便宜《べんぎ》をはかる、長崎奉行に属する掛《かかり》だった。

「しかし、そのことと千歳屋殺しがどうつながるんです？」

「千歳屋は預かった質草を、横流しして儲《もう》けていたはずだ。それはやってはならぬ御法度《ごはっと》だ。つまり、質草も御法度の品だったはずだ」

「それじゃ、口封じのために……」

「それもあるだろうが、千歳屋は相手の足許を見はじめたのかもしれぬ。欲を張ればろくなことはない」

「白木又右衛門が千歳屋殺しの下手人を雇ったと……」

「たわけ。白木は千歳屋が殺される前に死んでいるんだ」

そうだった。

「それじゃ、荻野さんはなにを調べに行ったんです？」

「……質草を千歳屋に入れるために白木が雇った男がいる。そいつのことを知りたかったんだ。おれも同じことをやっているから、都合のいい男を紹介してほしいとな」

甚太郎はなるほどと思った。危険な相談である。だから荻野は斬り合いになるかもしれないといったのだ。

「しかし、白木が雇った男のことがわかれば、下手人がわかるんですか？」

「それは、まあどうかな……。だが、その男はその手の仕事をもっぱらにしているはずだ。おれは何度か顔を見ているしな。あいつは臭い。居所さえわかれば、どうにかなるんだが……」

「その男の名は？」

「わからぬ」

甚太郎は秀蔵が千歳屋の帳簿から抽出した書付のことを口にしたが、荻野はどうせ偽名を使っているだろうとにべもない。

「……こうなったら、あの男を締めあげるしかねえか」

荻野は歩きながらつぶやいた。

「それは誰です？」

「今夜はもう遅い。明日教えてやる」

七

庭の枝葉から朝日を受けた夜露が、まぶしい光を放って落ちた。その地面で雀たちが、ちゅんちゅんと楽しげに鳴いていた。

朝餉の膳についている菊之助は、昨日調べたことを頭のなかで整理しながら、箸を動かしていた。

「これですよ。昨日お佳代さんが持ってきてくださったの」

そばにお志津がやってきて、直しに出していた袷を広げた。

「やはり腕がいいのね。しっかり縫ってくださったわ」

「それはなによりだった」

菊之助は着物をちらりと見ただけで、みそ汁をすすった。

「お佳代さん、店を休めないし、清次さんからの頼まれ仕事もあるので思うようにならないとおっしゃってたけど、くれぐれも菊さんによろしくとのことでした」

「気が気でないのはよくわかるが、清次の吟味までに果たして間に合うかな

「……」

「手掛かりはまだ……」

お志津が心配そうな顔を向けてきた。

「うむ。なかなか思うようにはいかぬ」

そうですかと、お志津は力なくいってうつむいたが、すぐに顔をあげた。

「そうそう、金右衛門さんが殺された日のことですけど、清次さんがずっと家にいらしたことがわかったそうです」

「ほんとうか？」

菊之助は箸を置いて、手拭いで口をぬぐった。

「ええ、反物《たんもの》屋さんと大家さんが清次さんを訪ねているのがわかったんです。二人とも、あの日、清次さんが家にいたことを話してくださったそうで……」

「これで、少なくとも金右衛門殺しがあった日、清次が家にいたことは証《あかし》できる。それより前のことはともかく、大事なことだ。そうだ、調べにまわる前に一度お佳代さんに会っておくか」

「そうしてください。菊さんから話を聞けば、お佳代さんも少しは気持ちが落ち着くと思います」

「そうしよう。まだ朝も早いので、家にいるだろう」

簡単に着替えをした菊之助は、その日は、大小を腰に差した。昨日、弥吉の手下に痛めつけられたこともあるが、なんとなく下手人に近づいている予感があった。相手は人殺しである。用心を怠《おこた》ったばかりに怪我をしてはかなわない。

騒々しい朝の長屋を抜けた菊之助は、佳代にどう話をしてやろうかと考えた。変に期待をさせてもいけないだろうし、かといって落胆させるようなこともいえない。

佳代の長屋も源助店と同じような騒々しさがあった。出職の職人を送りだしたり、朝餉の片づけをする女房たちでかしましいのだ。

「あら、荒金さん」

佳代の家の戸口に立つと、朝餉の片づけをしていた佳代が振り返った。

「朝からすまぬな」

「いえ、どうぞお入りになってください。すぐお茶を淹れます」

菊之助は上がり框に腰をおろして、母親の里に目顔で挨拶をして、自己紹介をした。

「隣町で研ぎ仕事をやっております荒金と申します」

「ご浪人さんですか?」

　里はものめずらしそうに菊之助を見た。「そのようなものです」と、菊之助は応じてから佳代に声をかけた。

「お佳代さん。袷の出来がよかったと、お志津が喜んでおりました」

「そういっていただくのが一番です。さ、どうぞ……」

　菊之助は受け取った茶を一吹きしてから、清次のことを口にした。

「なんでも大家と反物屋の話が聞けたそうだね。あの日、清次が家にいたことをこれで証《あか》すことができる。金右衛門さんも夕方までは店にいたことがわかっているので、二人があの日会っていないことはたしかだ」

「あ、あの……」

　佳代が戸惑った顔をして、里と菊之助をばつが悪そうに見た。

「なにか?」

「あ、いえ」

　気にはなったが、菊之助はつづけた。

「それで下手人の調べだが、正直なところなかなか捗《はかど》っておらぬ。そうはいっても、なんとなく目星がついてきた。気が気でないだろうが、清次の無実をきっと証す。証さなければ、不公平というものだ。いましばらく待ってくれぬか」

「あ、はい、それは……」

菊之助は里の表情が険しくなっているのが気になった。

「最初の吟味がいつなのかわからぬが、それまでにはなんとかしたい。かといってお佳代さんが無用に気を揉むことはない。天の目があるのだ。それを信じてもらいたい」

「どういうことだい」

とがった声を発したのは里だった。きっとした目で佳代をにらんでいた。

「あんた、清次って男のことはあきらめるといったじゃないか。相手は罪人ではないか。そんな男のことをまだ思っているというのかい」

「おっかさん……」

「お黙りッ！　母親に嘘をつく娘に育てた覚えはないね。まったく泥棒猫みたいなことをして。これじゃ、あたしに恥をかかせるようなもんじゃないか」

「そんなことは……」

佳代は必死になにかを耐えているふうだった。

「それに、この旦那はいったいなんなんだい。朝っぱらからなんのことかと思ったら、罪人の話を持ち込んで、調べがどうのこうのと……」

「待ってくれませんか」

菊之助は間に入った。

「おふくろさんは、清次のことを存じていないのですか？」

「会ったことはありませんよ。初めて話を聞いたときは、いい人といっしょになれると思って喜んだのに、なんのことはない。その明くる日は人殺しだっていうじゃないですか。とんでもない男に見初《みそ》められたもんだと、あきれ返っているんですよ。一度は忘れたと口でいっておきながら、あたしの知らないところで、いったいなんだい」

「おっかさん、だから清次さんは下手人じゃないのよ。だから、荒金さんが力を貸してくださっているのよ。無実を証すために動いてくださっているのよ」

たまりかねたように佳代が口を挟んだ。

「牢屋に入っているんだ。罪人じゃないか。罪人におまえをやるわけにはいかないね」

「おふくろさん、お待ちを」

里が紅潮した顔を菊之助に向けた。

「清次は罪人じゃありませんよ。それに人殺しでもない。調べたかぎり、清次には無理な仕業なんです」

「それじゃ、どうして捕まってるんです」

「間違いです。人違いされているだけなんです。ですから、その間違いを正さなければならない。罪を犯していない者が裁かれるようなことがあってはならない。そうではありませんか。おふくろさんだって、人の物を盗んでもいないのに、泥棒扱いされたらどう思います。清次の一件はそれと同じようなことなんです。無実とわかっているなら、それを証してやらなければならない」

「無実とわかっているなら、捕まるわけがないでしょ」

ああ、この母親はものがわかっていないなと、菊之助はため息をつきたくなった。

「わたしにもお佳代さんにも無実だとわかっている。なにより清次本人が自分の無実を知っています」

「……あたしにはわからないね。だったらとっとと牢から出されるんじゃないのかい。そもそも牢に入れられているのがおかしいじゃないか」

「牢には罪人だけが入るんじゃない。吟味の必要がある者も入っているんです。

その者たちは疑われてはいるが、まだ罪人とは決まっていないんですよ」

「そ、そうなのかい……」

里は目をしばたたいた。

「おふくろさん、なにも知らないのに勝手に人を罪人扱いしちゃいけませんよ。それこそ罪作りな話だ。清次に会えばきっとわかる。いい職人だし、いい男ですよ」

「なんだい、あたしに説教かい」

「説教というなら説教と取られてもよいが、正しいものは正しいのだ」

さすがの菊之助も語気を荒らげた。そのことで、里はわずかにしりぞいた。

「荒金さん、申しわけありません。おっかさんにはよく話しますので……」

泣きそうな顔で佳代が平身低頭《へいしんていとう》するので、菊之助はそれ以上いうのをやめた。

「朝から気分の悪いことになってすまぬ。おふくろさん、邪魔をしたな」

戸口を出ると、佳代が慌てて追いかけてきた。

「わからず屋でわたしも難儀《なんぎ》のしどおしなんです。どうか堪忍《かんにん》してください」

「謝ることはない。おふくろさんがああいうのも、娘を思うからだろう。それよりまずは清次の濡れ衣を晴らさなければならぬ」

「ほんとに、申し訳ございません」

菊之助は佳代にまっすぐ向きなおった。

「お佳代さん、気を落とさずに待っていてくれ。わたしはきっと、やってみせる」

「お願いいたします」

菊之助は深々と頭を下げる佳代を置いて長屋を出た。

「よお、菊の字」

声をかけられたのは、その直後だった。

第六章　愛宕《あたご》権現

一

五郎七を連れた秀蔵が立っていた。朝日を背にしているので、妙に神々《こうごう》しく見えた。

「ちょいとおまえに話があってな」

口の端に笑みを浮かべて秀蔵が近づいてきた。こういうときは、助を頼まれると決まっている。菊之助は直感で思うが、今回ばかりはその余裕はない。だから先に釘を刺した。

「聞ける話とそうでない話がある」

「そりゃそうだろうが、固いことはいいっこなしだ」

秀蔵は相変わらず強引だ。そこの茶店でちょいとだけといって、さっさと足を進める。鉤鼻《かぎばな》の五郎七を見ると、ひょいと首をすくめた。

菊之助はしかたなく、秀蔵の後につづくと隣に腰掛けた。きんとん餅を売る茶店で、甘党の秀蔵は茶といっしょに注文するのを忘れない。

「それで、話というのはなんだ」

菊之助は茶を一口すすってから訊ねた。相手が秀蔵だと、口調がぞんざいになる。

「清次のほうをまだ調べているのか？」

「ああやっている。やつは無実だ」

「すると、証《あかし》でも見つけたか？」

秀蔵は役者にも負けぬ整った顔を菊之助に向けて、きんとん餅を頬張った。

「やつが無実だという証はいくつかある」

菊之助はそういってから、凶器の刀、金右衛門との関係、また事件当日も金右衛門との接触がなかったことなどを話していった。

「なるほどな。おまえの話を聞けば、清次の仕業じゃねえような気がする。それにおれも、やつをしょっ引いた足立道之助にちょいと会ってな」

菊之助はさっと秀蔵に顔を振り向けた。

「足立は清次をしょっ引いたあと、清次の家の家探《やさが》しをしている。だが、返り血のついた着物は出てこなかったということだ。清次がお佳代という女と入った伊呂波での聞き込みで、前の晩、つまり金右衛門が殺されたときに清次が着ていた着物がわかった。無論、本人の証言もあるが……」

「それでどうなのだ」

秀蔵は指についたあんこを舐めてから答えた。

「お佳代と伊呂波で会ったときに着ていた着物にも血はついていなかった」

菊之助は目を輝かせた。

「だが、それだけでやつの仕業じゃねえとはいい切れぬ。刺すときに返り血を浴びないようにすることもできるからな」

「やつは刀など持っちゃいなかった」

「らしいな。だが、隠し持っていたかもしれねえ」

「そんなことが……」

「おれもやつじゃねえと思っているさ」

秀蔵は遮ってつづけた。

「だが、やつは一度自分がやったとしゃべっちまってる。それが問題なんだ。てめえじゃねえと、とおしつづけてりゃ違ったのだが……」

そういって秀蔵は遠くの空を見やった。

「やはり下手人を挙げるしかないということか」

「それが一番だ。そうすりゃ、やつは吟味を受けることなく無罪放免だ。目星はついているのか?」

菊之助は首を振った。

「だが、なんとなくわかりかけている気がする。それで、おまえのほうはどうなんだ?」

聞かれた秀蔵は、扇子で肩をたたきながら、

「妙なことがある」

と目をすがめた。

「妙なこととは?」

「千歳屋の帳簿を見て、見当をつけたが、どれもこれも外れだ。それでもう一度見なおしていくと、同じ長屋に住んでいる連中が千歳屋を使っていることがわかった。回数は少ないが、そいつらの住まいと千歳屋が離れすぎている」

「同じ長屋の者だったら、いい質屋があると噂でもしたのではないか」

「それも考えた。だが、その連中が住んでいるのは芝口《しばぐち》三丁目の裏長屋だ。土地の者が日蔭町と呼ぶ町屋だ」

「日蔭町……」

菊之助は今日、その町に行こうと思っていたのだ。完五郎という香具師に会いに。

「なにかあるのか?」

「いや、ちょっとな……」

「それでそいつらのことを調べてみると、みんな香具師だ。完五郎という愛宕界隈を取り仕切る元締めがいて、その手下だった」

「なんだと」

驚かずにはいられなかった。

「知っているのか?」

「知ってるもなにも、金右衛門はその完五郎に世話になっていたんだ」

「なに」

今度は秀蔵が片眉を動かして驚いた。

「金右衛門は完五郎の世話で、これまでにない提灯と灯籠の注文を受けている。七夕と盆を当て込んでのことだ。香具師は、祭りのショバと屋台を仕切っている。上下屋はその完五郎と組んで一儲けしたのだ。だが、気になることがある」

「先をつづけろ」

秀蔵の目が厳しくなっていた。

「金右衛門は卯の花亭という料理屋で、完五郎たちを接待しているが、そのおりに、完五郎にこれで誤魔化したつもりじゃないだろうなとか、ケチなことをすれば命が縮むなどと、脅し文句を吐かれている。それから金右衛門の将棋仲間で、為蔵という新川の隠居がいる。その為蔵に金右衛門は、欲をかいたかもしれない、相手が悪かったと、不安を口にしている。殺されたのはその二日後だ」

「菊の字、こりゃひょっとすると……」

菊之助は秀蔵を見て、

「ふたつの殺しはつながっているかもしれねえな」

と、表情を引き締めた。

二

ここのところの疲れが溜まっていたのか、甚太郎が目を覚ましたのは、常よりもずいぶん遅かった。慌てて夜具をはねのけ、顔も洗わず家を飛びだしたが、すでに日は高く昇り、町屋の店はどこも商売をはじめていた。

こりゃ横山の旦那に怒られちまうと、内心でぼやきながら足を急がせる。なにか言い訳をと考えるが、秀蔵にそんな嘘が通じないのはわかっている。ここは正直に寝坊したというしかない。それよりも、荻野の家に行くことになっている。そちらも大事だ。約束は朝五つ（午前八時）だから、もう過ぎている。

まずいなと思いながら、甚太郎は町屋の角を曲がり秀蔵の屋敷のある通りに出た。と、ひょいと秀蔵の家の木戸門から小者の寛二郎が現れた。甚太郎に気づくと、

「よお、いいところに来た」

そういって寛二郎が近づいてきた。

「なにかありましたか？」

甚太郎は汗もかいていないのに額を手の甲でぬぐった。

「なにもないが、旦那はもう見廻りに出た。おれたちは今日も見廻りと聞き込みをつづけろってことだ」

「そうですか。そりゃよかった」

「……そりゃよかった？　妙なことというな」

寛二郎が眉間にしわを刻んで、目を険しくしたので、甚太郎は慌てて繕《つくろ》った。

「いや、口が滑っただけです。それで下手人についちゃ、まだなにもわかっちゃいないんですか」

「おれの面を見りゃわかるだろう。旦那もしぶい顔で、今朝は早く出かけていった。次郎にも今日も見廻りだと伝えなきゃならねえが、おまえ、いっといてくれ」

「へえ、それはいいですけど、寛二郎さんはどこへ？」

「旦那のあとを追っかけるだけだ。それじゃ頼んだぜ」

寛二郎はさっさと歩き去った。

甚太郎はしばらく見送ってから、違う道を通って荻野の家に急いだ。次郎への言伝《ことづて》を頼まれたが、それはあとまわしだ。

先に荻野に会いたい。あの男は下手人につながることをなにか知っている。どこまで信用できるかわからないが、とにかく知っている口ぶりなのだ。

甚太郎は楓川《もみじがわ》に架かる新場《しんば》橋を渡ると、そのまま通町《とおりちょう》に出た。大通りにはすでに人の往来が多かった。通りの両側につらなる商家は、どこも忙しそうである。甚太郎は人波をかきわけるようにして歩き、日本橋を駆け渡って長浜町の長屋に入った。

荻野泰之助はむっつりした顔で、上がり框に腰をおろしていた。

甚太郎の顔を見ると、「遅いじゃねえか」と苦言を呈した。

「へえ、すいません。横山の旦那から離れることができませんで……」

甚太郎は適当な嘘をついた。

「ま、いい。それで横山って町方のほうはどうなんだ。まさか下手人を挙げたなんてことはないだろうな」

「まだのようです」

「そうか。それじゃおれたちが先に見つけるだけだな。ついてこい」

すっくと立ちあがって、荻野は家を出た。路地ですれ違う長屋の者は、荻野と目を合わせようとしないし、挨拶も交わさない。嫌われ者の住人なのだ。だが、荻野はそんなことには頓着《とんちゃく》していない様子である。

「どこへ行くんです？」

「おまえを使ってる横山という同心は、いくらの褒美を出すといっている」

荻野は甚太郎の問には答えずに、そんなことをいう。

「それは話したじゃありませんか」

「……人殺しを捜しあてるんだ。けちけちせず、もっと出すようにいってやれ」

「ま、それは……」

甚太郎には答えようがない。黙って荻野についていくしかない。

歩きながら甚太郎は昨日、荻野がいった言葉を思いだしていた。

「あの、荻野さん」

「なんだ」

「昨日、白木又右衛門さんが雇った男は、その手の仕事をもっぱらにしているといいましたね」

「ああ」

「その手の仕事ってなんです？」

じろりと横目で荻野が見てきた。

「おまえは町方に関わっているわりには、おつむが弱いようだな。おれは長崎屋のことと、白木が御調役だったことを話したはずだ。質草が御法度のものだったはずだとも」

「はあ、そうでしたね」

「そこまで教えたんだ。あとは考えるまでもないだろう」

「……はあ」

甚太郎は頭をひねって考えた。つまり、白木又右衛門が雇った男は、御禁制の品を千歳屋に運ぶ役だったということだ。

「すると、その男はずっと白木さんに雇われていたということですか?」

荻野は顎の無精髭をなでて考える目をした。いま二人は通町を京橋のほうへ向かって歩いているのだった。

「……他にもいるさ」

しばらくしてから荻野はぼそっとつぶやいた。

「質草は御法度の品だ。白木は公儀《こうぎ》に仕えていた旗本だ。そんな身分で質屋に行くわけにもいかぬだろうし、質屋通いを知り合いに見咎《みとが》められるのもいやがったはずだ。当然人を雇う。だが、ひとりだけだと、なにかあったとき足がつきやすい」

「それじゃ、何人もいると……」

「おれが白木だったらそうするし、おそらくやつはそうしているはずだ」

「荻野さんは白木さんから頼まれた男を問い詰めたといいましたね。その男はどうしたんです？　会えないんですか」

「どこにいるかわかっていればとうに会っている。間抜けなことを聞くんじゃない。……だから、白木又右衛門の家に乗り込んだんだ」

甚太郎は亀のように首をすくめた。まったく小馬鹿にされている。たしかに愚かしいことを聞いている自分にあきれもするが、あえて確認のために聞いているのだと、自分をなぐさめる。

「それで、これから会うのはどこのなんという人です？」

甚太郎は京橋を渡ってから聞いた。

「いちいち面倒くさいことを聞きやがる。いいから黙ってついてきやがれ。おれの勘に狂いはないはずだ」

三

そのころ、菊之助と秀蔵は千歳屋にいた。

「もう一度見せていただけますか」

応対に出ているのは千歳屋南兵衛の妻・おさちだ。

「この店の帳簿だ。断ることはない」

秀蔵はそっけなくいって、帳簿をおさちに押し返した。そして、この男とこの男だと指をさす。

「おかみ、隠し事はならねえぞ。気づくことがあれば正直にいうんだ」

「そういわれても、これは死んだ亭主がつけていたものですから……」

「覚えはないか?」

「はい、わたしは店に出ることはありませんでしたし、仕事に口を挟むこともしませんでしたから……。それにしても、いい値がついておりますね」

「その質草がなにかわからぬか?」

帳簿には質草の内容は書かれていなかった。ただ、丸とか三角、あるいは二重丸がつけてあるだけだ。

菊之助もその帳簿に不審を抱いていた。

○　金十六両
●　金九両
◎　金二十八両
△　金十両
▲　金八両

そんな按配なので、質草の内容は不明である。しかし、日付はいずれも三月初旬に集中しているし、いい値がついているので、質草は高価なものだったはずだ。

「……どの質草も預け入れではなく、買い取りになっている」

菊之助は帳簿に目を落としながらつぶやき、おさちに目を向けた。

「おかみ、南兵衛殿は流れた質草や買い取った質草をどうしていた？　後生大事にしまったままではなかったはずだ」

「それは道具屋とか骨董屋さんに下げていたはずです」

「ここに書いてあるものはまだ残っているか？」

秀蔵が聞いた。

「……蔵にあるかもしれません」

「案内しろ」

秀蔵、菊之助、五郎七は店の裏にある蔵に案内された。蔵は母屋とつながっており、白漆喰《しっくい》の土蔵だった。頑丈な扉に錠前がついていて、それを外して開けると、床から天井まで積まれた大小の箱や行李《こうり》があった。蔵の広さは三坪ほどだ。

「これじゃ、どれがどれだかわかりゃしねえな」

秀蔵がぐるりと眺めてからため息をついた。行李や箱にはなにも書かれていないのだ。南兵衛は自分で蔵の整理をしていたというから、どれになにが入っているか、ちゃんとわかっていたのだろう。

「どうする。調べるか？」

菊之助が聞くと、秀蔵は首を振った。

「全部調べるとなると、半日、いや一日がかりだろう。それにあの帳簿に書いてあるものがどれだかわからねえ。死んだ亭主に聞ければ手っ取り早いが、無理だからな」

秀蔵はそのまま土蔵を出て、言葉を足した。

「こうなったら完五郎の手下をあたるのが先だ」

千歳屋に質草を持ってきた完五郎の手下は三人だった。八十吉《やそきち》、与佐次《よさじ》、権太郎《ごんたろう》。いずれも芝口三丁目の惣兵衛店《そうべえだな》住まいだ。

「おかみ、もうひとつ聞きたいことがある」

菊之助は蔵を閉めるおさちを振り返った。

「ご亭主は上下屋金右衛門といかほどの付き合いがあっただろうか?」

「それは……どうでしょう。深いお付き合いはなかったと思いますが……」

おさちは鬢《びん》の後れ毛を指ですくいながら自信なさそうにいった。

「よくはわからぬか」

「ええ……」

千歳屋を出たのはそれからすぐだった。

「もし、下手人が同じなら、上下屋金右衛門と千歳屋南兵衛にはなんらかのつながりがなければならないが……」

菊之助はあくまでもそのことを気にした。

「その調べはあとまわしだ。まずは完五郎の手下に会うのが先だ」

秀蔵はそういって足を急がせた。

四

荻野が連れていったのは、芝口三丁目の長屋だった。表通りではなく裏新道のほうで、俗に日蔭町と呼ばれる町屋だ。その長屋は日比谷《ひびや》稲荷からほどないところにあった。

「いったい誰に会うんです?」

甚太郎は長屋の路地を歩きながら荻野に訊ねた。

「待ってろ、これから捜すんだ」

「名前ぐらいわかってるんでしょ」

「知らぬ」

「知らないって……」

甚太郎があきれた顔をすると、荻野は会えばわかるという。

「それじゃ、この長屋にいるのはたしかなんでしょうね」

「いちいちうるせえな。せっかくおまえに手柄を取らせようとしているのだ。黙ってろ」

強くいわれると、甚太郎は口をつぐむしかない。

長屋をひとめぐりした。留守にしていない家は戸障子を開け放してあるので、家人の顔はすぐにわかった。閉まっている戸もあるが、荻野は遠慮なく引き開けて家のなかを見た。留守をしていても、ほとんどの家は戸締まりをしていない。

「いませんか」

荻野は答える代わりに、木戸番のところへ行って、

「おい、この長屋に色が黒くて眉の垂れた男がいるはずだがわからぬか」

と、訊ねた。

「色が黒くて垂れ眉ですか……」

年取った木戸番は草鞋《わらじ》を編んでいた手を止めた。

「年のころは……そうだな、三十そこらだ」

「名は？」

「わからぬから聞いてるのだ。褒められた目つきはしていない。ちょいと粋がっていて、与太《よた》くれた野郎だ」

木戸番は視線をあちこちに動かして、しばらく考えた。

「ひょっとすると与佐次さんのことかな……」

「与佐次、そいつの家はどこだ？」

「いませんよ。仕事に行ってるか、親分の家に行ってるはずです」

「親分……」

「完五郎さんとおっしゃる香具師の元締めです。与佐次さんはその一家の人です」

「完五郎の家はどこだ？」

木戸番は親切に教えてくれた。

香具師の元締め・完五郎の家は、宇田川《うだがわ》橋に近い柴井町《しばいちょう》にあった。長屋ではなく、小さいながらも一軒家である。

「この先だな」

荻野は宇田川橋のそばで立ち止まった。愛宕下から新銭座町《しんせんざちょう》先の海に流れる「桜川《さくらがわ》」あるいは「宇田川」と呼ばれる大下水に架かる土橋が、宇田川橋である。

完五郎の家は、その下水沿いの道にあった。

「じかに訪ねるんですか？」

「おい、おれが考えているときに、いちいち口を挟むんじゃない」

荻野は苦言を呈してから、しばらく様子を見るといって近くの茶店の縁台に腰をおろした。ちょうど茶を飲みたかったのだと、のんびりしたこともいう。

ところが茶を飲むまでもなく、荻野が甚太郎の袖を引っ張って、

「やつだ」

と、つぶやいた。

完五郎の家から五人で徒党《ととう》を組んで出てきた男たちがいたのだ。柄のいい男たちではない。誰もが揃えたように襟を大きく広げ、粋がったなりだ。

「どの男です？」

「右から二人目だ。色の黒い垂れ眉がいるだろ」

甚太郎はその男を見た。

着流した滝縞《たきじま》の尻を端折ってがに股で歩いていた。仲間と冗談をいってるのか、カラカラと笑った。五人は甚太郎と荻野のいる店の前を素通りしていった。

「どうするんです？」

「仲間が邪魔だ。やつらを尾《つ》ける」

甚太郎と荻野は茶店を離れて、五人を尾けた。五人は愛宕下のほうに向かっていたが、しばらく行ったところでひとりが離れてゆき、馬場の先で二人が芝の切

り通しのほうへ去っていった。荻野が目をつけている男は、そのまま連れといっしょに愛宕権現に入っていった。境内に入ると、連れは総門を入った右に立ち並ぶ床見世《とこみせ》のほうへ行った。床見世は飴《あめ》、玩具《おもちゃ》、菓子などを売っているが、これからその準備をしている男たちがいた。

同社は毎月二十四日が縁日で、参詣客でにぎわうが、とりわけ六月の縁日は四《し》万六千日《まんろくせんにち》として有名で、植木市やほおずき市が立つ。

荻野が目をつけた男は、正面の急な階段を上りはじめた。

山の上には愛宕山権現本社があり、階段頂上にある仁王門脇には、葦簀張りの茶屋が立ち並んでいる。正面の急な石段を男坂と呼び、東側のなだらかな階段を女坂といった。女坂は九十六段、男坂は六十八段である。

荻野の目は獲物を狙った鷹のように、先を上る男の背中に向けられていた。

「荻野さん、どうするんです？」

「おまえは黙って見ておればいいんだ」

ようやく頂上に辿《たど》りついた。甚太郎は肩を大きく動かして息を整えた。男は左に並ぶ茶店のほうに足を運ぶ。知り合いが多いらしく、店の者に気さくに声をかけていく。参詣客は目立つほどではない。

「おい」

　荻野が男の肩をたたいて声をかけた。男はびっくりしたように振り返ったが、すぐに剣呑《けんのん》な目つきに変わり、品定めするように荻野を見返した。

「なんです？」

「ちょいとおまえに話がある。ついてこい」

男は逡巡《しゅんじゅん》したが、一度甚太郎を見てから荻野にしたがった。

「与佐次というのはおまえだな」

鐘撞《かねつき》堂の裏に行って、荻野は男を振り返った。

「……そうですが、あんたは？」

「おれのことなどどうでもいい。聞くことに答えるんだ」

「おい、おれが誰だかわかっているのか」

与佐次は粋がったが、荻野は動じない。

「おまえは与佐次って与太者《よたもの》だ。だが、そんなことはどうでもいい。千歳屋という質屋を知っているな。知らないとはいわせないぜ」

「……なんだい、いきなり」

「おれは見てるんだ。それに、一度、日蔭町の飲み屋で会ったことがある。もっとも、おまえはおれに気づきはしなかったが」

「いってえ、なにをいいてえんだ」

「その飲み屋で会ったとき、おまえは白木又右衛門の名を口にした」

与佐次の目に驚きの色が浮かんだ。

「白木は妙なものを千歳屋に流していた。そうだな……」

「そ、そんなことをどうして……あんた、まさか……」

与佐次は明らかに動揺していた。

「心配するな。おれはただの侍だ。町方じゃない。それよりおまえは、白木又右衛門から預かったものを千歳屋に流して、いい金になったと仲間にしゃべっていたな。質草はなんだったんだ?」

「そんなのは……」

与佐次は、はっと息を呑んだ。荻野がさっと抜いた刀を首筋にあてたからだった。

「死にたくなかったら、いうんだ。ただの脅しじゃないぜ」

与佐次の黒い顔から血の気が引いていくのがわかった。

五

香具師の完五郎の家は閑散としていた。

「完五郎も出かけているのか？」

秀蔵は三和土に入ったところで、応対に出てきた若い男に聞いていた。

「へえ、今日はあちこちまわるところがあるということで、朝早くから出かけておりやす」

「行き先は？」

「浅草や上野《うえの》をまわってくるといっていましたが、なにか……」

秀蔵は若い男には答えず、菊之助を振り返った。

「行き先がわからなければしかたないだろう」

菊之助は秀蔵に応じたあとで、若い男を見た。

「この一家には日蔭町惣兵衛《そうべえ》店に住んでいる者がいるな」

「へえ、惣兵衛店にはあっしも住んでおりますが……」

「八十吉、与佐次、権太郎という者もそうだな」

「はい」

若い男は聞かれている意図がわからないらしく、目をしばたたかせる。家の奥に動く影があるが、下女のようだ。他に人のいる気配はない。一家の者はほとんど出払っているようだ。

「八十吉たちはどこにいるかわからないか?」

「それでしたら愛宕権現ですけど、いったいどんな御用なんです?」

若い男は菊之助と秀蔵を交互に見る。町方の訪問を受けているのだから、ただごとではないと感じているはずだ。

「おまえの名は?」

秀蔵が若い男に聞いた。

「勇吉《ゆうきち》と申しますが……」

「八十吉たちのいるところへ案内しろ。おれたちゃ、そいつらの顔がわからねえ」

「そういわれても、あっしは留守を預かっているので……」

「案内するだけだ。手間は取らせねえ」

秀蔵に強くいわれると、勇吉はしかたないという顔で応じ、奥にいる下女に

「すぐ戻る」と声をかけて表に出た。

秀蔵は歩きながら、今月の五日と六日の晩に完五郎がどこでなにをしていたかを聞いた。

「五日と六日ですか……」

勇吉は歩きながら、きょとんとした顔だ。

この男はなにも知らないようだ。五日には上下屋金右衛門が殺され、六日には千歳屋南兵衛が殺されている。

「おまえは完五郎といっしょに出歩くことはないのか？」

秀蔵は質問を変えた。

「あっしはまだ世話になって間もないので、親方といっしょに歩くことなど、とてもできることじゃありません」

勇吉の歳ははっきりしないが、おそらく十六、七だろう。

「八十吉たちとはどうだ？」

「長屋が同じですから、ときどき飲みに誘われますが、しょっちゅうではありません。それにあっしはあまり酒が飲めないので……」

「八十吉たちが五日と六日の晩にどこにいたかわからねえか？」

「いやあ、それはどうだったかな……」

勇吉はさかんに首をかしげる。

秀蔵は途中で訊問を打ち切った。

愛宕権現の総門をくぐったところで勇吉は、右側の床見世の並んでいるほうに菊之助たちを案内した。八十吉は色が黒くて、ずんぐり太った男だった。

仲間と談笑していた八十吉は、勇吉に案内されてきた菊之助たちを見ると笑いを引っ込めた。ひと目で町方とわかる秀蔵がいるからだ。

「おまえが八十吉か。いい面構えしている。ちょいと聞きたいことがあるんだ」

秀蔵が近づいていって、人目を避けるように一方に連れていった。

「いってえなんです？」

八十吉は秀蔵と菊之助に警戒の目を向けて立ち止まった。

六

「それで質草の中身はなんだった？」

与佐次は白木又右衛門から質草を預かったことは認めたが、

「中身……それがわからねえんです」

という。

「わからぬことはなかろう。おまえが千歳屋に持って行ったんだからな。千歳屋だって、中身をあらためたはずだ」

荻野は言葉の真偽をはかりかねるように与佐次を凝視する。

「それが、白木さんからの預かりものだといえば、帳場の奥でそれをたしかめて金をもらうだけですから……」

「それじゃ、おまえは中身も知らずに、千歳屋に持ち込んだというのか」

「はい」

与佐次は、ほんとにそうなんですという。

「礼の金はいくらだった?」

「一両です」

「白木又右衛門から質草を預かって、千歳屋に持って行くだけでか……」

「へえ、そうです」

「そりゃうまい仕事だ。だが、千歳屋から預かる金があるはずだ」

「それはありませんで……ちょっと刀をどうにかしてもらえませんか……」

荻野は与佐次の首にあてていた刀をゆっくり引いて、鞘に納めた。与佐次は肩を動かして大きな息をした。

「預かる金がないというのはどういうことだ？」

「だから、その先のことはわかりませんよ。おれは品物を預かって千歳屋に持って行くだけだったんですから」

「それで一両の稼ぎ。おかしいと思わなかったか？」

「そりゃまあ、思いましたが、それで金になるんならなんでもよかったんですから」

荻野は得心《とくしん》のいかない顔を一度、甚太郎に向けた。おまえもなにか聞くことはないかという目をしていた。

「千歳屋が殺されたのは知ってるな」

甚太郎は与佐次の目を見て聞く。

「話は聞いてますが、よくは知りません」

与佐次の目が一瞬泳いだが、甚太郎には嘘をいってるのかどうかわからなかった。

「千歳屋は預かった品物をどうしたんだ」

「そんなのはわかりゃしませんよ。おれは品物を持っていくだけで、あとは千歳屋の仕事ですから」

「千歳屋は白木又右衛門に金を払わなきゃならないはずだ。それはどうなってるんだ。千歳屋があとで、白木家に金を払いに行ったのか?」

「だから、そんなこともわからないんです。いったいなにが知りてえんです?」

「千歳屋を殺した下手人だ」

荻野がずばりといった。

「そんなこと知ってどうするんです? あんたら町方じゃないんでしょ」

「賞金が懸《か》かっているんだ」

そんなものは懸かっていないが、荻野は勝手なことをいう。千歳屋の女房からもらう金と、甚太郎が秀蔵からもらう褒美をいっているのかもしれない。甚太郎はそう考えたが、外れてはいないはずだ。

「……賞金が……」

与佐次は考えるように目を動かした。甚太郎は与佐次の意中を読もうとするが、よくわからなかった。

「あの、おれでなにか役に立つことがあれば、やりますが……」

しばらくしてから与佐次はそんなことをいった。

「役に立つこと？」

「へえ。ですが、その下手人のことがわかったら、おれにも少しは小遣いをくれませんか」

「下手人にあてがあるというのか？」

「まあ、千歳屋のことですから、調べりゃなにか出てくるかもしれませんから……。こういったことは人が多いほうがいいんじゃありませんか」

与佐次は狡猾《こうかつ》な目で荻野と甚太郎を交互に見た。荻野は甚太郎に、どうすると聞く。

「役に立つんだったら損はないんでは……」

「よし。それじゃ、おまえに手伝ってもらうことにする。ただし、妙な真似をしたら、今度こそおまえの命はないと思え」

「わかっていますよ。それで、どうやって連絡《つなぎ》をつければいいんです？　名も知らないんです」

「おれは荻野泰之助という。こいつはおれの手下の甚太郎だ」

甚太郎はひょいと首をすくめた。いつの間にか手下にされている。

「それで連絡の場は？」

荻野はしばし考えてから、自分の長屋を口にした。

「わかるか？」

「へえ、長浜町だったら大体のことはわかるんで、わけないでしょう」

「ひとつ聞くが、おまえは白木又右衛門からの仕事を誰から請け負ったんだ。まさか白木本人からってことじゃないだろ」

甚太郎だった。

「それは……」

与佐次は逡巡した。

「どうした？」

「……千歳屋にいわれたんだよ。あの質屋に行ったときに、そんな話をされてよ」

甚太郎はうまく誤魔化されているような気がしたが、深く詮索はしなかった。

「それじゃ、そういうことでいいですか」

与佐次はそういって荻野と甚太郎をながめた。

「いいだろう」

荻野が答えると、与佐次はそのまま茶店のほうに歩いていった。

「やつを信用していいんですか？」

甚太郎は荻野を見た。

「他になにかあてがあるか？」

「それは……」

「腹が減った。飯を食いに行こう」

荻野は甚太郎の背中をバンとたたいた。

七

八十吉から話を聞いた秀蔵は、そのまま女坂を上って与佐次に会いに行くことにした。

「やつのことをどう思う？」

先を歩く秀蔵が菊之助を振り返った。

「鵜呑《うの》みにはできないだろう。話がうますぎる」

「おまえもそう思うか……」

「なにか隠しているはずだ」

菊之助はそういって、八十吉がいる床見世のほうを振り返ったが、もうその姿はなかった。顔を戻しかけたとき、男坂を下りきったところで、ひとりの男が目に留まった。

あれは、と心中でつぶやいたが、その男は参詣客にまぎれて見えなくなった。甚太郎に似ているようだったが、気のせいかもしれない。そのまま秀蔵のあとについて、なだらかな階段を上りつづけた。

「中身も知らずに千歳屋に品物を持ち込むだけで、一両とは……」

後ろについている五郎七が、羨ましそうにつぶやいた。

「もし、おまえが八十吉だったらどうする？　品物を知りたいと思わないか」

菊之助は五郎七に聞いた。

「そりゃ、こっそり見るかもしれません。いいや、きっと見ると思いますが……」

「みんなそうだろう。品物は畳紙《たとうがみ》か渋紙《しぶがみ》で包み、風呂敷でくるんであるだけだ。見ようと思えばいくらでも見られるはず」

「荒金の旦那は、八十吉が中身を知っていると思っているんですね」

「そのはずだ。だが、それより八十吉らに運び役をまかせた人間が気になる」

「八十吉は自分らの店に来た客だといいましたが……」

八十吉のいう店とは、縁日に出す屋台店のことだ。

「本当かどうかわからぬさ。得体《えたい》の知れない男が来て、これを千歳屋に運ぶだけでいい。礼金は一両だという。うまい話だが、なぜその雇い主は八十吉らに目をつけたのだ」

「それは……」

五郎七は言葉に詰まって、首をひねった。

「八十吉はその雇い主の素性もよく知らないという。素性のわからない男から頼まれて、あっさり引き受けたことにも疑問がある」

「そりゃそうですね。しかし、千歳屋はその雇い主とつながっていたわけですね。八十吉が運んだものを受け取ると、黙って八十吉に一両を渡したんですから。ひょっとすると、その雇い主が下手人ということでは……」

「考えられることだ」

話しているうちに女坂を上りきった。

「与佐次って野郎の話と合うかどうかだ。完五郎にも話を聞かなきゃならねえが

「……」

立ち止まった秀蔵が、境内に視線をめぐらして茶店の先に目を留めた。あいつじゃねえかとつぶやいて、そっちに足を向けた。与佐次の人相と年恰好は八十吉から聞いてあるので、見当はついた。

案の定、秀蔵が近づいていくと、茶店の先で床見世を出そうとしていた男が振り返って、表情を硬くした。

「与佐次っていうのはおまえだな」

「なんです、今度は町方の旦那ですか。いったいなんなんです」

やはり、与佐次であった。

「おい、今度ってのはどういうことだ?」

「あ、いいえ、今日は客が多いってだけです。なにか御用ですか?」

「用があるから来てるんだ。千歳屋南兵衛を知っているな」

秀蔵は与佐次をまっすぐ見て聞く。

「知ってますが……」

「千歳屋に何度通った?」

「ひょっとして殺しの件ですか……」

「いいから答えろ」

「三度ばかりですが、それがなにか……」

与佐次は落ち着きがないばかりか、視線が彷徨《さまよ》った。

「質草を千歳屋に持ち込むように頼んだやつがいるらしいが、そいつは誰だ」

「……縁日に来た客です」

与佐次は一拍間を置いてそう答え、秀蔵から菊之助へ、そして五郎七に視線を移していった。

「その客の名は？」

「知りません」

「おい、嘘をいうんじゃないぜ。もし、嘘とわかったら、あとでどうなるかわからぬからな。肚くくって答えるんだ」

「だから、知らないんです」

「だが、顔は覚えているはずだ。顔や年恰好はどうだ？」

与佐次は、歳は五十ぐらい、どこかの番頭ふうで愛嬌のある顔をしていたと、八十吉がいったことと同じことを口にした。菊之助はその説明がまったく八十吉と同じだったので、小首をかしげながら片目を細めた。

「そうかい、その番頭ふうの男にこれを持っていってくれと頼まれ、そして千歳屋に運び、千歳屋から一両をもらった。そうなのだな」

「おっしゃるとおりで……」

「それで、中身のことは知らないってことか」

「へえ」

秀蔵は舌打ちをした。おそらく菊之助が感じたように、与佐次と八十吉は示し合わせていると思ったのだ。もうひとり、聞き込みをかけなければならない権太郎も、同じ問いかけには同じ返答をするだろう。

「千歳屋南兵衛が殺されたのは今月の六日の晩だが、おまえはその晩どこでなにをしていた」

「その晩のことだったら、よく覚えてますよ。仲間と、宇田川横町にある〈臼《うす》屋〉って店で飲んでいましたよ」

「八十吉や権太郎らもいっしょだったわけだ」

秀蔵は八十吉から聞いたことを先に口にした。

「まあ、他のやつもいましたが……」

「小網町にある提灯屋は知っているな?」

この件も、八十吉に聞いていることだった。

「へえ。上下屋さんでしょ」

「あの店の亭主も殺されている。今月の五日の晩だ。おまえはその日のことを覚えているか？」

「あの日は……」

与佐次はうつむいて首の後ろを掻いた。本当に考えているのか、それとも仲間と口裏を合わせていることを思いだそうとしているのかわからない。

「五日は親方の家にいたんじゃなかったかな。それとも、近所の店で飲んでいたか……」

これは八十吉が答えたことと違った。

「近所の店はなんという？」

「〈増田屋《ますだ》〉って店です。家のすぐ近くなんですけど……」

与佐次への聞き込みはそれで終わりだった。秀蔵は、もういいといって切りあげた。もうひとりあたらなければならない権太郎という男がいるが、朝から完五郎についてまわっているというので、後まわしである。

「五郎七、おまえは与佐次と八十吉がいったことの裏を取るんだ」

秀蔵は男坂を下りながら指図した。

「臼屋という店と増田屋ですね」

「いまから行け。おれは一度御番所に立ち寄らなければならぬ。わかったらおれの家で待て」

「へえ」

五郎七は急な階段を、タタタッと駆け下りていった。

「菊の字、おまえはどうする？」

「完五郎に会わなければならないだろう」

「行き先がわからないんだ。やつに会うのは日が暮れたあとになる」

「だったら一度家に戻ることにする。なにかあったら、遣《つか》いを出してくれ」

「そうしよう」

＊

菊之助たちが愛宕権現の総門をくぐって境内を出た直後のことだった。

与佐次は顔色を変えて男坂を駆け下りると、八十吉のもとに急いだ。八十吉も与佐次の顔を見ると、床見世の奥から飛びだしてきた。

「町方が行ったはずだが、どうした？」

聞くのは八十吉である。

「うまく話したつもりだが、おまえのほうはどうだった？」

二人は秀蔵に訊問されたことを互いに話し、うまく答えたことを確認しあった。

「それじゃ、そっちは問題ねえだろう。それより、変な野郎が来たんだ。八十吉のとこへも来なかったか？」

「いや、来たのは町方だけだ。その変な野郎ってのはなんだ？」

「荻野なんとかっていっていた。浪人だと思うが、白木さんのことを知ってやがった」

「なんだと」

八十吉は大きく目を瞠《みは》った。

「どうやって知ったのかわからねえが、まずいぜ。荻野って浪人は下手人を捜すといってるんだ」

与佐次は周囲に聞こえないように声をひそめた。

「いったい何者だ？」

「わからねえ。だが、うまく話して荻野の住まいを聞きだした。早く手を打たなきゃ、まずいことになる。それに町方は親方や権太郎にも話を聞きに行くはずだ。荻野にうろつかれちゃまずい」

「そりゃそうだ。おい、親方にこのことを伝えなきゃならねえが、行き先はわからねえか」

「浅草と上野をまわっているはずだ。行き先は大体わかってる。おまえは上野にまわってくれ、おれは浅草までひとっ走りする」

「よし、そうしよう」

与佐次と八十吉は愛宕権現を飛びだした。

第七章　数寄屋橋《すきや》

一

菊之助が家に戻ると、居間で洗濯物をたたんでいたお志津がすぐにやってきた。

「菊さん、お佳代さんがちょっと変なものを見つけたんです」

「変なもの？」

「菊さんが出かけられたあとでお佳代さんが見えて、これを……」

お志津は一本の古びた紐《ひも》を差しだした。それには瑪瑙《めのう》の緒締《おじ》めがついていた。

緒締めとは、煙草入れや印籠《いんろう》、あるいは扇子《せんす》についている紐の長さを調整する穴の空いた玉である。石や木製、あるいは金物《かなもの》が使われる。

「どうしたんだ」

菊之助は緒締めのついた紐をしげしげと眺めてから、お志津を見た。

「昨夜、お佳代さんが清次さんからの頼まれ仕事を終えて、清次さんの家に持って行ったときに見つけたそうなんです」

お志津の話によると、佳代は散らかっている清次の部屋が気になり、片づけにかかったそうだ。そのおり、清次の着物を畳んでいると、袂《たもと》になにか入っているのが掌にあたったので、取りだしたら緒締めのついた紐だったらしい。

「それが金右衛門さんが殺された晩に着ていた着物の紐だったらしいのですよ」

「あの晩に着ていた着物の紐……」

「お佳代さんは、こんなものを清次さんが持っているのは、おかしいというんです」

菊之助はもう一度、緒締めつきの紐を見た。

ひょっとすると、下手人のものかもしれない。菊之助は頭のなかで、金右衛門が殺された晩のことを考えた。

あの晩、刺された金右衛門は、とっさに下手人の帯のあたりをつかんだのかもしれない。そのときに、緒締めつきの紐を引きちぎった。下手人はそれに気づかずに逃げた。そこへ通りかかった清次がやってきて、助け起こした際に、金右衛門は手にしていた緒締めつきの紐を清次の袂に入れた。だが、清次はそのことには気づかなかった。

「……この紐は古いな。色もあせているし、ちぎれやすくなっている」

菊之助は掌の紐を見ながらつぶやいた。

「下手人のものを金右衛門さんがちぎって、それを清次さんの着物の袂に入れたのでしょうか……」

お志津は菊之助が考えたことと同じことを口にした。

「もし、そうだとすれば、大事な手掛かりだ。これはしばらく預かっておこう」

菊之助は自分の懐に緒締めつきの紐をしまった。

「お佳代さんの様子はどうだ?」

「菊さんまかせで申し訳ないといってました。自分でもなにか役に立つことをしたいけど、なにもできないからと……」

「そんなことを気にすることはない」

「わたしもそういっておきましたが、どうなんでしょう。清次さんの無実は証せそうですか?」

「ひょっとすると、金右衛門殺しと千歳屋殺しの下手人は同じかもしれない」

「千歳屋殺し……」

「親父橋の近くにある質屋の亭主が殺されているんだ。金右衛門殺しよりあとのことだが、二人ともある香具師とつながっている」

「香具師……」

「いま、その元締めを捜しているところだ。おそらく夜には会えるだろうが……」

「秀蔵さんも動いておられるのですね」

「いっしょだ」

わずかだが、お志津の目に安堵の色が浮かんだ。秀蔵がいっしょだと聞いて、少し不安が払われたのだろう。

「わたしが口を挟むようなことではありませんけれど、なんとか捕まえていただきたいものです。お昼はどうします？　またお出かけ？」

「いや、秀蔵から連絡があるまで仕事をしよう。その前に飯を食っておこうか」

「それじゃ、すぐ支度を……」

お志津が台所に立っていくと、菊之助は懐にしまったさっきの紐を取りだして、もう一度眺めた。なんの紐だろうか？　煙草入れ、あるいは扇子か……。

二

愛宕権現をあとにした甚太郎は、いったん日本橋で荻野と別れ、小舟町《こぶなちょう》の河岸地を歩いていた。聞き込みをしているはずの次郎を捜すためだったが、いっこうに出会えなかった。今朝、寛二郎にいわれた伝言を遅ればせながら伝えようと思っていたのだが、会えなければしかたない。

荻野は、与佐次が力になってくれるといったのだから、

「果報は寝て待てというだろう。昼寝でもしてのんびり待とうではないか」

といって、自宅の長屋に帰っていった。もっとも、夕方になったら一度顔を出せ、というのは忘れなかったが。

甚太郎は自分でやり残している聞き込みをすることにしたが、与佐次のいったことが心の隅に引っかかっていた。白木又右衛門から預かった品物を、千歳屋に運ぶだけで金になったという。

なんだかまわりくどいような気がする。白木又右衛門と千歳屋が組んで、御法度の品――つまり禁制品の取引をするなら、与佐次のような中途半端な人間では

なく、もっと信用のおける人間を使うのではないだろうか。それとも、与佐次は白木又右衛門と縁もゆかりもない男だから都合がよかったのか……。

まだ、いくつか気になることはあるが、甚太郎はうまく自分の考えをまとめることができなかった。ただ、与佐次をすっかり信用してはいけないという、理由のつかない思いがあった。もし、与佐次が千歳屋殺しの下手人と関係があれば……。

そこまで考えて、はっと顔がこわばった。荻野は自分の家を教えている。もし、与佐次が下手人を知っていれば、荻野のことを教えるはずだ。そうなると、荻野が狙われるのではないか。いや、荻野だけではない。自分も同じ目に遭うはずだ。

……そんな馬鹿な。

ぶるっと体を揺すった甚太郎は、あめんぼうの浮かぶ堀川を見た。水面には青い空に浮かぶ雲が映り込んでいた。

とにかく、甚太郎は自分に割り当てられた仕事だけはしなければならないと思い、やり残している聞き込みに取りかかった。小舟町から堀留町、そして大伝馬町をまわった。みんな千歳屋の客であるが、疑わしい者もいなければ、下手人につながる話も聞くことができなかった。

次郎とばったり出くわしたのは、日が傾きはじめた夕七つ過ぎだった。本船《ほんふな》町《ちょう》の魚河岸に出たところで、次郎が江戸橋を渡ってきたのだ。

「どこ行っていたんです？　おいら、甚太郎さんを捜したんですよ」

会うなり次郎は咎め口調でいった。

「いや、おれも捜していたんだ。今朝、寛二郎さんから聞いたことを伝えなきゃならないと思ってな。だけど、ちっともおまえに出くわさなかったんだ」

「なんだ、そうだったんですか。それでどうです？」

「さっぱりだ」

そういって甚太郎は荒布橋を渡った先にある茶店の縁台に腰をおろした。荻野や与佐次のことを話そうと思ったが、すんでのところでやめた。小女がすぐにやってきたが、少し休むだけだといって注文を断った。

日本橋川の向こうに傾いた日があった。雲の切れ間からいくつもの光の筋が延びていた。

「横山の旦那もまだ下手人の手掛かりをつかんでいないようだ」

「そうらしいですね。さっき、横山の旦那の家に行ってきたんです」

次郎は片足をぶらぶらさせていう。

「旦那の家に行ってきたのか」

「調べがどこまで進んでいるか気になったんで……」

「誰かいたか？」

「いえ。清兵衛《せいべえ》さんがいただけです。みんな出払っているが、まだなにもわかっていないようだといっていました」

清兵衛というのは秀蔵の家にいる中間《ちゅうげん》である。

「調べるべきことはあらかた調べたんで、つぎの指図を受けようと思っていたんです。甚太郎さんのほうが残っているなら手伝いますよ」

「いや、おれもあらかた終わってるんだ」

「じゃあ、やることないですね」

「そうだな」

二人は黄昏《たそが》れようとしている空を眺めた。数羽の鴉《からす》が短く鳴いて、その空を横切っていった。しばらくしてから次郎は家に戻るといって、茶店を離れていった。

ひとりになった甚太郎は秀蔵を捜そうかと思ったが、その前に荻野の様子を見に行くことにした。さっき考えた不吉なことが頭をよぎったのだ。そのことを伝えておくべきかもしれない。

しかし、荻野に多少なりと期待を寄せていたが、結局は当てはずれだったような気がしてきた。荻野に頼るのは今日でやめようかと思いもする。

荻野の家に行くと、

「おう、来たか。ま、入れ」

と、のんびり煙管を吹かしていた荻野がそういって、家のなかにうながした。

調度《ちょうど》は少ないのに、煙草盆や欠け茶碗などが乱雑に散らかった家である。

甚太郎は上がり口の縁に腰かけた。色のあせた腰高障子があわい西日に照らされていた。

「あいつのことをどう思う？」

甚太郎が黙っていると、荻野が煙管の灰を落としてから聞いた。

「それをいおうと思っていたんです」

「なんだ？」

「与佐次がもし下手人につながっていたとしたら、どうします？」

「やつが、下手人と……」

荻野は鋭く跳ねあがった眉を上下させた。

「与佐次は白木又右衛門から預かった質草を、千歳屋に持ち込んでいたんですよね。それは千歳屋に頼まれたからと……」

「それで一両の報酬だ」

「そんなことをせずに、千歳屋がじかに白木家を訪ねればすむことじゃないですか。わざわざ与佐次が運ぶのは妙じゃありませんか」

「そういわれりゃそうだな。ふむ……」

荻野は頬の無精髭《ぶしょうひげ》をさすりながらうなった。

「与佐次は白木家の誰から質草を預かっていたんですかね。それを聞くのを忘れていました。白木又右衛門だったのか、それとも使用人だったのか……」

「そうか、なかなかいいことをいうな。それはうっかりだったが、まあ今度会ったときに聞けばいいだろう。だが、下手人はなんのために南兵衛を殺したんだ？」

「それは……」

「白木又右衛門とはまったく関係ないかもしれぬ。与佐次の野郎も、力を貸すと口から出まかせをいっただけかもしれぬ。と、すりゃどうなる？」

そのことも薄々考えていた甚太郎は、

「ですが、荻野さん」

と、身を乗りだして荻野の顔を見た。

「もし、与佐次が下手人を知っていて、その下手人とつながっていたらどうします？　荻野さんはこの家を教えています。おれの顔も知られています。その下手人が自分のことを嗅ぎつけられたと知ったらどうすると思います……」

荻野は眉間に深いしわを刻んで、にわかに表情を険しくした。

「おれが狙われるということか……。だが、そうなったら面白いじゃないか。向こうから出てくるんだったら、手間が省けるというものだ。そうではないか」

「そうでしょうが、相手は人殺しですよ」

「おれも伊達《だて》に刀を差しているのではない。人殺しなら成敗《せいばい》してやるだけだ」

荻野は強気なことをいうが、表情に余裕が感じられなかった。

「それでも気をつけておいたほうがいいと思います」

「懸念することはない。おれは滅多に斬られはせぬ。いや、それよりおまえがいうようなことになったら、やはり都合がいいではないか」

「まあ、そういう考えもありますが、気をゆるめないほうがいいでしょう」

「おまえにいわれるまでもない」

「荻野さんがわかっているならいいんです。おれはちょいと旦那に会わなきゃならないんで、また来ますよ」

いっしょにいるのがいやで、甚太郎はそういって腰をあげた。

「横山って町方か……。いいだろう、どこまで調べが進んでいるか聞いてきてくれ」

荻野がそういったとき、戸口にひとりの男の子が現れた。

「ここは荻野さんというお侍の家ですか？」

男の子はくりくりした目でそう訊ねた。

「そうだが、なんの用だ？」

「知らない小父《おじ》さんが竈《へっつい》河岸に来てくれって、そう頼まれたんだ」

「……知らない小父さん、そいつは誰だ？」

男の子はわからないと、小首をかしげ、ちゃんと伝えたからねといって駆け去っていった。甚太郎と荻野は顔を見合わせた。

「よし、行ってみようではないか」

荻野は差料《さしりょう》をつかみ取った。

呼びだしたのが誰かわからないが、甚太郎も荻野もおそらく与佐次だと見当をつけていた。その他に考えられる人間はいないのだ。

「罠《わな》かもしれませんよ」

荻野のあとにしたがう甚太郎は、かすかに声を震わせた。

「おまえは疑《うたぐ》り深いやつだ。与佐次が下手人につながるなにかを見つけたのかもしれぬだろう」

「そうだといいんですが……」

甚太郎は不安に襲われていた。

三

親父橋を渡り堀江《ほりえ》六軒町《ろっけんちょう》の町屋を黙って歩く。日暮れどきの道には、仕事帰りの職人の姿が目立った。豆腐や干し魚を売る棒手振《ぼてふり》の姿もある。二人は住吉《すみよし》町《ちょう》を右に折れて、竈河岸に出た。浜町堀《はまちょうぼり》から引き込まれた入り堀には、幾艘もの小舟が舫《もや》われていた。河岸地の柳の下でのんびり煙草を喫《の》んでいる年寄りの姿があった。

甚太郎と荻野は河岸の通りに視線をめぐらせたが、与佐次の姿はなかった。翳りはじめた空には雲が多くなり、夕靄《ゆうもや》が漂いはじめていた。

「どこにもいないな」

荻野がぼそりとつぶやいたとき、ひとりの浪人が町屋の路地から現れ、まっすぐ歩いてきた。異様なほど色の白い男だった。だが、鋭い眼光は荻野に向けられていた。荻野もその痩身で白皙《はくせき》の浪人に目を向けていた。

「荻野泰之助というのはおぬしだな」

浪人は立ち止まって、ややかすれた声で問い、

「おぬしが甚太郎か」

と、甚太郎にも氷のように冷たい視線を向けた。

甚太郎の背筋に、ゾクッと鳥肌が立った。これは普通の浪人ではないと思った。人を斬ったことが何度もありそうな男だ。総身《そうみ》に人を寄せつけない妖気のようなものさえ漂わせている。

「ついてこい。話がある」

浪人は顎をしゃくって先に歩きだした。

荻野は黙ってあとにしたがった。急に落ち着きをなくした甚太郎はまわりを見

た。いったいこの浪人は、どうやって自分や荻野のことを知ったのかと考えるまでもなく、与佐次だと見当はつく。しかし、与佐次の姿はどこにもなかった。

浪人は片手を懐に入れたまま蛎殻町《かきがらちょう》の通りに入った。左は大名屋敷、右は銀座。両側に長塀がつづく。人気はない。途中で荻野が、おぬしの名はと訊ねたが、浪人はなにも答えずに歩きつづけた。

やがて松島町《まつしまちょう》の町屋に入った。大名屋敷と武家屋敷に囲まれた町屋である。夕靄はさらに濃くなり、黄昏れた空も翳りが強くなっていた。

浪人は松島町の外れ、松島稲荷に近い空き地に入った。そこだけ開けた更地《さらち》になっているのだ。一面雑草に覆われ、虫たちの声が四方で湧いていた。草地にいた野良猫がびっくりしたように、長屋の裏塀の隙間に逃げていった。

「お主の名は？」

浪人と正対した荻野がさっきと同じことを聞いた。浪人は答えない。夕靄のなかでも、浪人の顔は異様に白かった。殺気を漂わせて、無言のまま荻野を凝視している。甚太郎はゴクッと生つばを呑んだ。

「おぬしが千歳屋を斬った下手人か。そうなのか？」

「ならばどうする？」

「取り押さえるまでだ」

「できるものならやってみるがよい」

浪人はさらりと刀を抜いた。躊躇《ためら》いもなく人を斬るという意思が、ありありとその目に浮かんでいた。甚太郎は大変なことになったと思ったが、ここで逃げるわけにはいかなかった。荻野が取り押さえることができれば、手柄になるのだ。

荻野も刀を抜いて、左足を一歩踏みだした。互いの間合いは四間《けん》(約七・二メートル)ほどだ。

白皙の浪人は切っ先を左下に向けた地摺《じず》りの構え、荻野は右青眼《せいがん》に構えていたが、間合いをさらに詰めて上段の構えに移った。

浪人も無言のままじりじりと間合いを詰めていた。離れて見ている甚太郎は、いつしか拳を握りしめて、体に力を入れていた。

両者の間合いが二間(約三・六メートル)になった。そこで浪人はぴたりと動きを止めて、静かに刀の切っ先をあげていった。

「むむッ……」

荻野が小さくうなって右に動いた。浪人の剣先がそれにあわせて動いた。その鋭い切っ先は、荻野の眉間のあたりに狙い定められている。

荻野は動くのをやめ、上段から再び青眼に戻った。と、その瞬間、荻野の右足が強く地を蹴り、前に飛んだ。同時に刀を振りあげ、袈裟《けさ》に斬りにいった。

浪人は慌てずに受け流すが、荻野は攻撃の手を休めず、浪人の眉間の真向こうに一撃を浴びせた。

見ていた甚太郎が、「やった」と心中で叫んだ瞬間、浪人の体が沈み込んだ。すべての光を吸い込む鈍い鋼《はがね》が一閃したのはそのときだった。浪人の懐から、一条の閃光が放たれるように、荻野の胸に中段の突きが深々と刺さったのである。

「うぐッ」

荻野は短くうめくと、よろけた。瞬間、浪人は刀を引き抜いて、振り返った。呆気《あっけ》に取られていた甚太郎に正対したのだ。その肩越しに、倒れる荻野の姿が見えたが、甚太郎はすっかり顔色を失っていた。

浪人が静かに間合いを詰めてくる。なにも声を発しない浪人の目は、つぎはおまえの番だといっていた。甚太郎は逃げなければならなかったが、足が地面に釘付けになったように動くことができなかった。救いの声をあげたかったが、声は喉に張りついたままだ。

間合いを詰めてくる浪人の刀の切っ先から、つうっと、一筋の血がしたたり落ちた。荻野の血だ。束の間鳴くのをやめていた虫の声が、再び湧きだした。死人のように白い浪人の顔が間近に迫っていた。

逃げなければならない。死にたくない。殺されたくなんかない。

甚太郎は胸の内で叫んでいた。知らず知らずのうちに両手を胸の前で合わせていた。その手が震えているのに気づいた。膝もガタガタ笑っていた。尻の肉がゆるみ、脱糞しそうになった。

「うっ」

漏らすまいと、尻に力を入れたとき、足が動いた。

情けないほど頼りない声を発した甚太郎は、そのまま後ずさった。

「あわわ……」

「た、助けてくれ……」

転びそうになりながらも駆けだした。逃げるのは掏摸《すり》をやっているときから速かった。とにかく無我夢中だった。背中に一太刀浴びせられそうな恐怖と戦いながら、甚太郎は髪を振り乱して手足を動かしつづけた。後ろを振り返る勇気もなかった。浪人がすぐそこに迫っているようでしかたない。

どこをどう走っているのかわからなかったが、誰かこの近所に知り合いがいるはずだと考えた。そうだ、次郎だ。次郎の家は近い。しばらく匿《かくま》ってもらおうと思った。次郎の家で助けを呼ぶこともできるはずだ。とにかく浪人に捕まってはならないと、必死に駆けつづけた。

四

仕事をしばらく休んでいたので、納期が迫っていた。菊之助は溜まっていた包丁を一心に研いでいたが、ようようと日が翳り仕事場のなかが暗くなると、もうこの辺でやめておこうと、研ぎあがったばかりの包丁を晒《さらし》でくるみ、片づけにかかった。

あちこちの家で夕餉の支度がはじまっているのがわかる。豆腐の棒手振がついさっき路地を抜けていったばかりだった。仕事をしながら秀蔵の連絡を待っていたが、なにもなかった。砥石を片づけたとき、路地をバタバタと雪駄の音をさせて、ひとりの男が風のように通りすぎていった。

厠にでも飛び込むのか、相当の慌てぶりだ。と、すぐに「次郎、次郎！」と呼ぶ声がした。菊之助はあれは甚太郎の声ではないかと、半挿《はんぞう》に手を伸ばしたまま思った。と、すぐに駆ける足音がして、甚太郎が飛び込んできた。

「はあ、はあ、荒金の旦那……」

そういって、甚太郎は肩を動かして荒い息をする。汗びっしょりである。

「そんなに慌ててどうした?」

「こ、殺されるところだったんです。いいや、荻野さんが殺されちまって、それで、つぎはおれが危うく、はあはあ……」

「慌てず話せ。さあ、まずは水を」

菊之助は甚太郎に水の入った鉄瓶を渡した。甚太郎は注ぎ口に口をつけて、ゴクゴク喉を鳴らして飲んだ。

「荻野というのは誰だ?」

「……おれが尾けていた御家人がいるんです。横山の旦那からもらった書付にあった侍で、千歳屋の客でした。その人が荻野さんで、さっき、ある浪人に斬られちまって」

「ただごとではないな。しかし、なんだか要領を得ぬ。もっとわかりやすく話してくれ」

「はい、そのえーと、どこから話せばいいか……」

そういったあとで、甚太郎は戸口に隠れるようにして、表をのぞき見た。うまく振り切ったのかもしれないと、今度は青い顔を向けてくる。

「荻野さんを斬った浪人に追われていたんです」

「いいから、落ち着いて話せ」

「は、はい」

甚太郎は汚れた手拭いで汗をふきながら、荻野を尾行して、それが見つかって脅され、手柄を立てさせてやるといわれたといった。

「手柄を……」

「へえ、下手人を捜してやるというんです。妙に自信のある口ぶりでした。それに千歳屋のおかみと話をして、下手人を見つけたら礼金をもらう約束まで取り付けていました。もし、下手人を捕まえることができたら、おれの手柄にするともいいました。そうすりゃ、おれが横山の旦那からもらえる褒美の金も、自分のものになるからです」

「ふむ。それでなぜ、浪人に斬られるようなことに？」

「完五郎っていう香具師の一家に与佐次って男がいるんです」

「なんだと」

菊之助は眉間にしわを刻んで、いいから先を話せとうながした。

「その与佐次が下手人捜しを手伝ってやるというんです。そいつがおそらく、荻野さんを斬った浪人に告げ口したんでしょう。ということは、与佐次は下手人とつながっているということです」

「与佐次とどんなことを話した？」

「どんなことって……。やつが千歳屋に行ったとき、南兵衛さんから話を持ちかけられて、白木又右衛門という御武家から預かった品物を、千歳屋に運べば一両の礼金が出たということでした」

「与佐次はその話を千歳屋に持ちかけられたといったのか？」

「はい」

おかしい。与佐次は秀蔵の訊問には、縁日の客に持ちかけられたと、八十吉と同じことをいったはずだ。

「それで白木又右衛門というのはなにものだ？」

「元長崎奉行の下で御調役を務めていた旗本らしいです。その白木さんはおそらく禁制品を長崎屋あたりから仕入れて、千歳屋に流していたのではないかと、荻野さんはいっていました」

「荻野はなぜそんなことを知っていたのだ」

「なんでも千歳屋の客から聞きだしたといいました。その客を見つけることはできませんでしたが……」

菊之助はすっかり暗くなった壁の一点に目を注ぎつづけた。わからなかった下手人のことが、ようやく見えはじめてきた。

「なるほど、そうであったか。いよいよ下手人を隠していた霧が晴れるようだ」

「どういうことです？」

「甚太郎、秀蔵を捜すんだ。それから完五郎の家に来いといえ」

「おれが捜すんですか。それは勘弁してもらえませんか、さっきの浪人がおれを捜しているかもしれないんです」

「だったらついてこい。歩きながら考える」

菊之助は愛刀の藤源次助眞《ふじげんじすけざね》をつかんで仕事場を出た。次郎にばったり会ったのは、木戸口の先だった。

「次郎、ちょうどいいところで会った。秀蔵の居場所を知らないか？」

「さあ」

次郎は首を振って、甚太郎を不思議そうに見た。

「下手人がわかりかけてきた。秀蔵を捜して、完五郎の家に来るようにいってくれ」

「そりゃ、誰です？」

「それはあとだ。とにかく早く行け」

「は、はい」

次郎はくるっと、きびすを返して走り去った。

「秀蔵は当然、荻野のことを知っているんだな」

「あ、いえ、それは……」

甚太郎はばつが悪そうな顔でうつむいた。

「話してないのか？」

「へえ、ここんとこ横山の旦那に会っていないんです。それに、荻野さんが下手人捜しに自信を持っていたんで、おれも手柄を立てたいというすけべ心がありまして……」

「そうか……」

菊之助は横目で甚太郎を見て歩きつづけた。

「荻野さんのいうことを、なにもかも信用していたわけじゃないんです。だから、ある程度はっきりしてから話そうと思ってもいましたし……」

「つまるところ、おまえは手柄を立てたかった。そういうことだな」

「あ、はい。すいません」

「謝ることはない。別に悪いことをしたわけじゃないのだ」

甚太郎がひょいと顔をあげて、菊之助を見た。

「旦那、正直にいっちまいます。おれにもいい女ができたんです」

「……ほんとか」

菊之助は驚いたように甚太郎を見た。

「その女にちょいといい面したかったんです」

「ふむ、おまえに女ができたか……。いいことだ」

菊之助は通りに点《とも》されはじめた軒提灯の明かりを見て、足を急がせた。

五

人形町《にんぎょうちょう》通りに出る手前で、菊之助は足を止めた。

「甚太郎、荻野とおまえは、その浪人にどうやって見つかったのだ？」

「見つかったんじゃありません。子供の遣いが来て呼びだされたんです」

「おまえと荻野をその浪人は知っていたのか？」

「いえ、知らないはずです。顔を知っていたのは与佐次ですから、おそらくやつが……」

菊之助はあたりを見まわした。通りはすでに暗くなっている。多くの者は提灯を持って歩いている。

「荻野の死体はどこだ？」

甚太郎は荻野が斬られた場所を口にした。

「そこの番屋に寄ろう」

菊之助はさっさと近くの自身番に入った。新和泉町の自身番だった。三和土に入った菊之助は、詰めていた番人に声をかけた。

「ここにいるのは、南御番所の臨時廻り同心・横山秀蔵についている小者の甚太郎という」

「へえ、存じております」

番人はそう応じて、甚太郎を見た。

「それなら話は早い。甚太郎、松島町でなにがあったか話すんだ」

「おれが……はい、わかりました。松島町の松島稲荷のそばに空き地がある。そこにひとりの侍が斬られて死んでいる。侍の名は荻野泰之助という。おれたちは下手人を捕縛に行くので、あとの始末を頼まれてくれ」

「死んでるんですか……」

番人は驚いて目を瞠り、口を半開きにした。

「そうだ。早くしてくれ」

「わ、わかりました」

番人が答えると、菊之助はあまっている提灯はないかと聞いた。

「ありますが……」

「貸してくれ」

菊之助は借りた提灯を、甚太郎に持たせて表に出た。

「おまえは手柄を立てるのだ」

「どういうことで？」

「おまえと荻野は呼びだされた。子供にいいつけたのは与佐次と考えていいだろう。と、すれば、与佐次はまだおまえを捜しているはずだ」

「………」

「完五郎の家に向かうが、おまえは先を歩け。おれは与佐次に気取《けど》られないようにあとをついてゆく」

「囮《おとり》ですか」

「心配するな。おれが後ろからついていくんだ。手柄を立てたければ、勇気を振り絞るんだ。さ、行け」

「は、はい」

甚太郎を先に送りだした菊之助は、約半町の距離をとってあとを追った。

小さな甚太郎の姿はともすれば見失いそうだが、夜の帳《とばり》の下りた町の往来は人が少なくなっているし、菊之助は目を離さなかった。

江戸橋を渡った甚太郎は、ときどき心許なさそうにまわりを見て、本材木町《ほんざいもくちょう》の河岸道から右に折れて新右衛門町《しんえもんちょう》に入った。そのまま町屋を抜け、通町の大通りに出て、そのまま京橋のほうへ足を進める。

大店の並ぶ江戸一番の大通りだ。すでに店を閉めている商家もあれば、店仕舞いにかかっている商家もあった。それでも時刻は暮れ六つになるかならないかである。夕刻から空が曇り、いつもより日の暮れが早いから早仕舞いする店が多いのだ。

甚太郎の姿を見失わないようにしながら歩く菊之助は、まわりの人影にも注意の目を配っていた。与佐次とは今日顔を合わせたばかりであるが、夜の暗がりではすぐに見つかることはないだろうし、相手の目は甚太郎に向けられているはずだ。

歩きながら、なぜ荻野と甚太郎が危機にあったかを考えた。……おそらく白木又右衛門の名を出したからではないか。菊之助も秀蔵も、白木又右衛門のことなどなにも知らなかったのだ。その白木又右衛門は、長崎奉行の配下である御調役だという。さらに、斬られた荻野は長崎屋のことを口にしている。

なるほどそうだったかと、菊之助は千歳屋で見た丸や三角印のついた裏帳簿のことを思いだした。持ち込まれた帳簿はいずれも預け入れではなく、買い取りになっていた。その質草を持ち込んだのは、いずれも完五郎の手下の三人だった。その時期は、三月初旬に集中していた。

三月……。

長崎出島《でじま》に駐留する阿蘭陀人の江戸参府が今年の春にあった。それは二月下旬だった。江戸に滞在したのは二十日ほどだったと、菊之助は記憶している。つまり、その間に白木又右衛門は禁制品を千歳屋に預け、阿蘭陀人に流したのではないだろうか。

あくまでも推測なので真相はわからないが、おおむね当たっているような気がする。

甚太郎は京橋を渡り、そのまままっすぐ進む。いまのところ、与佐次らしき男が現れる気配はない。

甚太郎を見守りながら歩く菊之助は、次郎は秀蔵に会うことができただろうかと考えた。場合によってはこれから完五郎一家と一戦交えることになるかもしれない。そうなったら、菊之助ひとりでは心許なさすぎる。かといって秀蔵の応援を待つ時間があるかどうかわからない。とにかく、与佐次だけでも取り押さえたい。

菊之助は通りの先の空を見た。暗い。星は数えるほどしか浮かんでいない。そのせいか料理屋や居酒屋の提灯の明かりが、闇のなかに際立っていた。

ついに芝口橋を渡り、日蔭町の通りに入った。千歳屋に通っていた完五郎一家の与佐次、八十吉、権太郎の住まいが近づいてきた。そして、完五郎の家までもほどない。

甚太郎の足が遅くなったことに、菊之助は気づいた。なにか周囲に気配を感じたのか、立ち止まった甚太郎はまわりを見て、一度後ろを振り返った。菊之助は商家の庇《ひさし》の陰にいるので、甚太郎からは見えないはずだ。

様子を窺《うかが》っていると、甚太郎はまた歩きだした。

芝口二丁目を過ぎたときだった。右の町屋の通りから脱兎《だっと》のごとく駆け出てくる男の影が見えた。甚太郎が提灯を大きく動かして、数間下がった。男の手に匕首があるのが、遠目にもわかった。それが二度、三度とふりかざされた。

甚太郎は尻餅をついて、地面を這うように脇の道に逃げた。菊之助は刀の鯉口《こいぐち》を切って甚太郎の逃げた脇道に駆けた。甚太郎を襲っているのは、おそらく与佐次だろう。だが、二人の姿が見えない。菊之助は足を急がせて、二人が消えた脇道に駆け込んだ。

甚太郎は与佐次と揉み合っていた。小間物屋の板壁に背を押しつけられている甚太郎は、匕首を握っている与佐次の腕を必死になってつかんでいた。

「甚太郎」

菊之助は声をかけるなり、与佐次の背中に峰打ちを浴びせた。

「あうッ……」

したたかに背中を打ちたたかれた与佐次は、ずるずると腰砕けの恰好でうずくまった。

「甚太郎、よくやった。こやつを縛るんだ」

菊之助が指図をしたが、甚太郎は凍りついた顔をしていた。その視線は一方に注がれたままだった。どうしたと、菊之助が声をかけると、

「あっ、あ、あの浪人です」

と、甚太郎が声を震わせた。

通りの先にひとりの影が現れたのだ。夜目にも病的に色の白い顔をしていた。その片頰が、小料理屋の軒行灯に染まっていた。

浪人は静かに歩を進めながら、さらりと刀を引き抜いた。

「甚太郎、与佐次を縛るんだ」

菊之助は再び指図をして、殺気をみなぎらせながら近づいてくる浪人に正対した。

六

青眼に構えた菊之助は、ゆっくり息を吐き、そして吸い、呼吸を整えた。浪人

は同じ歩速で近づいてくる。右手一本でにぎった抜き身の刀は、右下方に向けられていた。

　間合いは四間になったが、浪人の足は止まらない。躊躇《ためら》いもなく人を斬るという殺意を総身に漂わせている。慄然《りつぜん》とするほどのまがまがしい双眸《そうぼう》が、菊之助をいやがおうでも緊張させた。

　青眼から右八相《はっそう》に構えなおして、相手の出方を待った。浪人の足が止まったのは、すでに互いの刃圏《はけん》内だった。

　間合いは一間半（約二・七メートル）。時が止まったような短い間。

　風が地表の砂埃《すなぼこり》を巻きあげた。菊之助の乱れた髪が、さわさわと揺れた。浪人の剣先が、ぴくりと動くと、そのまま蛇が鎌首をもたげるように静かに上がっていった。

　騒ぎを知った近所の者たちが通りに現れ、近くの飲み屋からも人の顔がのぞいた。

　そのあたりは、針でつつけば、いまにも破裂しそうな緊張感に包まれていた。

　菊之助は口を引き結び、目に力を入れた。代わりに肩の力を抜く。柄《つか》をにぎった右手の親指を軽くゆるめて、じりっと爪先で地面を噛んだ。浪人は動かない。

菊之助はさらに間合いを詰めた。一寸、また一寸……。

さらに一寸詰めて息を殺し、足を止めた。

野次馬たちのささやきが、潮騒《しおさい》のようなざわめきとなって広がっていった。だが、もう菊之助にはそんなざわめきなど耳に入っていない。浪人の隙を窺うことに、全神経を集中させていた。

菊之助と浪人の視線は激しくぶつかったままだが、両者とも身動きしなかった。どちらかが動いた瞬間に、激しい戦いになることが予想できた。だが、最初の一撃で決着がつくかもしれない。

また、その狭い通りを風が吹き抜けていった。着流しの裾が乱れたその刹那《せつな》、浪人の左足の親指に力が入った。パッと、間合いが詰められたのはその瞬間である。殺人剣が菊之助を袈裟懸けに斬りにきた。

菊之助は身をひねりながら、浪人の斬撃《ざんげき》を紙一重でかわし、その浪人の胴を狙って刀を横に振り抜いた。浪人は菊之助の攻撃を巧みにかわすと、跳躍しながら肩に撃ち込んできた。菊之助は右前方に飛んでかわし、天水桶を背にして振り返った。

跳躍した浪人は着地すると、そのまま半回転して右八相に構えなおした。菊之助は横に動いて、右足を大きく引き、太刀を後ろに下げた地摺りの構えになった。浪人から菊之助の刀は見えないはずだ。

やはりそうである。浪人の目に苛立《いらだ》ちが浮かんだ。さらに、呼吸を乱している。菊之助はこの浪人は、長い戦いに耐えうる体力がないのだと見て取った。

おそらくつぎの一撃で、決着をつけたいに違いない。

案の定だった。浪人は菊之助の構えに釣られたように撃ち込んできた。瞬間、菊之助は地摺りに構えた刀を、電光石火《でんこうせっか》の勢いで走らせた。その刀はすぱっと、浪人の左腕を斬っていた。

闇のなかに血潮が散ったが、多くはなかった。傷が浅いのだ。菊之助は間髪《かんはつ》を容《い》れずに、とどめの一撃を体勢を崩した浪人の肩に見舞った。ただし、素早く峰を返していた。それでも鎖骨を打ち砕く鈍い音がして、浪人は片膝立ちになった。

すでに勝負はついたのだが、菊之助は浪人の刀を踏みつけて、浪人の片腕を後ろにひねりあげた。

「甚太郎、縄を打て」

与佐次を押さえていた甚太郎が走ってきて、浪人の両腕を素早く後ろ手に縛りあげた。

「でかした甚太郎、おまえの手柄だ」

「ヘッ？」

意外な顔をする甚太郎にはかまわず、浪人を立たせて、脇差を奪い取り、さらに帯に固く差し挟まれていた煙草入れを抜き取った。

「……やはりそうだったか」

浪人の煙草入れには、古びた紐がついていた。しかも、途中でちぎれている。

菊之助は懐にある緒締めのついた紐を出して、見比べた。間違いなかった。清次の着物の袂に入っていた紐と、浪人の煙草入れの紐は同じなのだ。

「上下屋金右衛門を殺したのはおまえだな」

浪人は肩の痛みを堪えたまま黙っていた。

「……いずれ、わかることだ。甚太郎、与佐次をそこの番屋にしょっ引くのだ」

「へい」

返事をした甚太郎が与佐次のもとに駆け戻った。菊之助は浪人を連れて、源助《げんすけ》町《ちょう》の自身番に押し込んだ。与佐次も同じ自身番に入れ、番人らによくよくいい聞かせて、ひとりを南町奉行所に走らせた。

「旦那、あの浪人は天野膳雀《あまのぜんじゃく》というそうです。与佐次から聞きだしました」

「甚太郎、ここまでのところ上首尾《じようしゆび》であるぞ」

菊之助は甚太郎を褒めてから、完五郎の家に向かった。


「菊の字」

秀蔵の声が背にかかったのは、宇田川橋から完五郎の家のある柴井町に曲がろうとするところだった。秀蔵には、寛二郎、五郎七、次郎がついていた。

「いいところで出会った」

菊之助は立ち止まって秀蔵を待った。

「上下屋金右衛門殺しの下手人がわかった」

「なに、ほんとうか！」

「源助町の番屋に押し込んである。黙してなにも語らないが、金右衛門は殺される前にその下手人の煙草入れについてる紐を引きちぎっていたのだ。緒締めのついたその紐が、清次の着物の袂に入っていた」

菊之助はその紐とさっき取り押さえた浪人の煙草入れの紐が、ぴたり一致したことを話した。

「おそらく、千歳屋殺しもあの浪人だろう。しかし、これは甚太郎の手柄だ」

た。

「どういうことだ……」

秀蔵は甚太郎に目を向けた。

「甚太郎、手短に話すんだ」

菊之助がうながすと、甚太郎は荻野泰之助に目をつけてからのことを、かいつまんで話した。ときどき言葉に詰まるところがあると、菊之助が説明を添え足した。

「それじゃ、元長崎奉行所の御調役と千歳屋が組んで、よからぬ品を阿蘭陀人の一行に横流ししていた節があるというわけだな。その仲立ちに完五郎一家が絡んでいた。そういうことだな」

話を聞き終えた秀蔵は表情を引き締めた。

「おおむねそういうことだろう。上下屋金右衛門殺しも、その取引に関係があったと思われる。金右衛門が提灯の注文の礼に完五郎一家を接待したおり、金右衛門は完五郎に脅し文句を吐かれている」

「そうだったな。すると金右衛門は、千歳屋が禁制品を扱っていたことを、なんらかの手づるで知った。だから、完五郎は生かしておけないと考え、刺客を雇って口封じをした」

「その先の細かいことは、おまえの役目だ」

「いかにも。よし、完五郎を引っ立てる。ついてこい」

七

完五郎一家の戸口は固く閉ざされていたが、秀蔵が凛《りん》とした声を張ると、戸が開き、一家の若い衆の顔がのぞいた。その顔は、秀蔵とその面々を見て驚きに変わった。

「完五郎は在宅だな」

秀蔵が有無をいわせぬ声を発すると、若い衆は慌てたように土間奥に駆け戻り、

「親方、町方です！」

と、叫ぶような声を発した。

秀蔵はそのまま戸を引き開けて、ずかずかと屋内に入った。菊之助たちもあとにつづく。

「完五郎、神妙にいたせ！　他の者も騒ぐんじゃねえ！　逆らうようだったら、遠慮はしねえぜ」

秀蔵が十手をさっとひと振りすると、完五郎の取り巻きは、地蔵のように動きを止めた。なかには長脇差《ながどす》や匕首に手をかけている者もいた。

完五郎は座敷でくつろいでいるところだった。その手には湯気を立てている大きな湯呑みがあった。

「町方の旦那が手下を引き連れて、なんの騒ぎです」

完五郎はしゃがれた声でいって、秀蔵を見返してきた。香具師の元締めらしく、堂々としている。秀蔵はそのまま式台にあがってから、静かに口を開いた。目は完五郎を見据えたままだ。

「おまえには上下屋金右衛門ならびに千歳屋南兵衛殺しの嫌疑がある。おとなしくついてくるのだ」

「旦那、あっしはそんなことは……」

「黙りおれッ！」

秀蔵は強く遮ってつづけた。

「話はあとで存分に聞いてやる。寛二郎、五郎七、完五郎を引っ立てろ」

完五郎は一瞬、抵抗の素振りを見せたが、寛二郎と五郎七がそばに来ると、あきらめたように首を振った。

秀蔵は完五郎が両脇を固められたのを見て、八十吉に顔を向けた。

「八十吉、貴様もいっしょに来るんだ。それから権太郎というのはどいつだ？」

若い衆たちが同じ方向を見た。長脇差に手をかけていた、牛のように頑丈そうな体つきをしている男だった。

「おまえか……。おまえも来るんだ。次郎、やつを連れてこい」

へいと、返事をした次郎が権太郎のそばに行ったそのとき、権太郎の右手が素早く動いて長脇差を抜こうとした。

がつッ！

鈍い音がひびいた。次郎の十手が、権太郎の手を打ちたたいたのだ。

「おい、妙な真似したら遠慮しねえっていわれただろ」

次郎は、したたかに手を打たれて顔をしかめている権太郎の襟首をつかんで立たせた。

「よし、引きあげだ」

＊

それから二日後の昼前だった。

菊之助がいつものように、日当たりのよくない北側筋の仕事場で研ぎ仕事に精を出しているところへ、ひょっこり甚太郎がやってきた。

「荒金の旦那、今日の午後に清次のお調べがあります。横山の旦那がいうには、おそらくお咎めなしだということです」

「そうか。それで、迎えに行ってもよいのか？」

「へえ、もちろんです。横山の旦那にそう伝えてこいといわれたんです」

菊之助は研ぎの途中だった包丁をそばに置いて、前掛けを外した。

「御奉行のお調べは、午後だな」

「へえ、昼八つ（午後二時）過ぎからだそうです」

「甚太郎、よく知らせてくれた。それじゃ、お佳代さんを連れていくことにする」

菊之助はそのまま南側筋の家に駆け戻った。

「お志津、清次のお調べが今日あるそうだ。おそらく放免されるだろうから、お佳代さんを連れていこう」

「それはよかったです」

繕い物をやっていたお志津は、動かしていた手を止めて目を輝かせた。

「ついでといっちゃなんだが、お佳代さんのおふくろさんもいっしょに連れていこうと思う。ちょいと分からず屋のところがありそうだが、これから行ってよくよく話をする。おまえはお佳代さんの店に行って、このことを伝えてくれないか」

「はい、それはもちろんです。それじゃ早速に」

「御番所の前で落ち合うことにしよう」

菊之助が着替えにかかれば、お志津も髪をなおしにかかった。それから二人して長屋を出て、右と左に別れた。

清次の調べは昼八つからだったが、佳代の母・里を連れた菊之助は、それより半刻も前に南町奉行所の門をくぐったところにある腰掛けに座っていた。遅れてお志津が佳代といっしょにやってきた。佳代は勤めている高田屋の主から許しをもらうのに手間取ったといったあとで、

「この度はいろいろとお世話をおかけしまして、なんとお礼をいったらいいかわかりません」

と、深々と菊之助に頭を下げた。

「礼をいわれるようなことはしていないさ。それよりよかったな」

「はい、本当にありがとうございます」

「まだ調べは終わっちゃいないんだよ。どうなるかわからないじゃないのさ」

むっつりした顔でいうのは里である。

菊之助は空咳《からせき》をして、お志津と佳代に座るように腰掛けを勧めた。

「わたしゃ、あんたのことがわからなくなったよ。まったく、どういうことなんだい」

里はぶつぶつと佳代に小言をいったが、佳代は膝に置いた手をにぎりしめているだけだった。そんな様子を横目で見る菊之助は、内心で小さなため息をついた。

しばらくして、庭に敷き詰められた砂利を踏みしめながら秀蔵が姿を現した。そのあとに甚太郎がついていた。黒那智《くろなち》の砂利は、高く昇った日の光を照り返していた。

「もうすぐはじまる」

秀蔵はそういって、お志津に軽く目礼をした。それから里と佳代を見て、

「お佳代というのはそのほうだな」

と、声をかけた。

「はい」

「清次の疑いはすっかり晴れている。御奉行のお調べはすぐすむはずだ。温かく迎えてやることだ」

「はい、ありがとう存じます」

礼をいわれた秀蔵は、菊之助に顔を戻した。

「完五郎はなかなかしぶとかったが、天野膳雀は潔く、金右衛門と南兵衛を斬ったことを認めた。やはり完五郎の指図で動いたのだ。与佐次、権太郎、八十吉も別々に取り調べをしたが、すっかり白状した。やつらのいうことに食い違いはない」

「なにもかもわかったのだな」

「長崎奉行所の御調役だった白木又右衛門は、やはり御禁制の品を阿蘭陀人に横流ししていた。この春、阿蘭陀人たちが江戸に滞在したときのことだ」

禁制の品は、葵《あおい》紋の入った帷子《かたびら》・羽織・扇子・脇差、それから江戸地図に浮世絵、公家《くげ》の図、暦《こよみ》などであった。それらは全部で二十数点だったという。

禁制の品でもっとも厳しく取り締まられるのが、葵紋の入った品々だった。これは徳川家が、幕府そのものであり、権威を確立するための象徴だったからである。江戸期を通じて、この禁制品に対する考えは変わらなかった。

「完五郎一家を使ったのは、取締りの目を欺《あざむ》くためだったらしい。指図したのは白木又右衛門だが、直接動いたのは勘兵衛《かんべえ》という使用人だった。千歳屋に持ち込まれた御禁制の品の引き取りは、長崎屋に出入りする道具屋だった。この手配も白木又右衛門がやっていたという」

「そんな面倒なことをして、なんの得があったんだ?」

「白木又右衛門には阿蘭陀商館での役得がある。それも望外な報酬が商館のほうからあったようだ。それに報いるためだったのだろう。それゆえに完五郎一家にも、白木又右衛門は相応の謝礼を支払っている。だが、それは決して表沙汰になってはならないことだ。それゆえに、ことが露見しても追及の手は完五郎一家で止める肚づもりがあったようだ。その辺のことは白木又右衛門が死んでいるので詳しくはわからない。とにかく、千歳屋を通じて御禁制の品が動いていたというわけだ」

「すると、千歳屋は口封じのために殺されたというわけだろうが、上下屋金右衛門はなぜ、殺されなければならなかったんだ?」

「金右衛門が千歳屋に注文の提灯を納めに行った際、南兵衛と完五郎のやり取りを盗み聞きしていたようだ。それからしばらくして、金右衛門は七夕と盂蘭盆用の提灯と灯籠の注文を完五郎から受けた。だが、南兵衛と完五郎の秘密を知っていた金右衛門は代金請求の際に、完五郎に脅しをかけたのが命取りになったというわけだ」

——完五郎の旦那、白木様と千歳屋さんのことは、内聞《ないぶん》にしておきますので、これからも注文のほう、よろしく頼みますよ。

と、金右衛門は完五郎に含んだものいいをしたらしい。

「なるほど……」

「しかし、緒締めのついた煙草入れの紐はいい証になった。あのことで、天野膳雀は逃げ切れないと肚をくくったのだからな」

「それは、紐に気づいたお佳代さんのお手柄だ」

菊之助と秀蔵は同時に佳代を見た。

「いいえ。それはやはり、殺された金右衛門さんの必死の思いがあったからだと思います」

「そうかもしれぬが、そのことで清次は一命を救われたわけである」

そう応じた秀蔵は、様子を見てくるといって引き返していった。菊之助はその背中に声をかけた。

「秀蔵、此度《こたび》の件は甚太郎の働きが大きかったことを忘れるな」

「おまえにいわれるまでもない」

背中を向けたまま秀蔵が応じた。すると、あとにしたがっていた甚太郎が、くるっと振り返って、晴れ晴れしい顔で、菊之助に深く辞儀をした。

それから小半刻とかからずに、清次が突棒《つくぼう》を持った二人の番士に連れられて白《しら》洲《す》のある枝折り戸《しおりど》のほうから姿を現した。

腰掛けからさっと佳代が立ちあがると、清次が足を止めた。腰縄はもちろん、手にも縄はかけられていなかった。

「清次さん……」

佳代がよろけるように数歩進むと、清次が駆けよった。

「お佳代ちゃん、ようやく出られたよ」

「ほんとによかったわ。だけど、身の潔白を証してくださったのは、荒金さんよ。清次さんからもお礼をいって……」

佳代が涙ぐめば、清次も感極《かんきわ》まった顔を菊之助に向けて、深々と頭を下げた。

「いろいろご面倒をおかけしたようですが、お陰様で放免となりました。言葉足らずの礼になってしまいますが、ほんとにありがとうございました」

「礼などいらぬさ。それより、これで晴れて二人いっしょになれるのではないか」

水を向けると、佳代が母親の里を振り返った。

「おっかさん、この人が清次さんよ。罪人でもなんでもないわ」

「おふくろさんでございますか。こんな場所で挨拶をするのもなんですが、わざわざお迎えいただきありがとう存じます」

「わたしゃなにも……」

里は憮然《ぶぜん》とした顔つきのまま言葉を切った。

「ご心配をおかけしたと思いますが、これからはお佳代ちゃん同様、おふくろさんのことも大切にさせていただこうと思います。そのためにしっかり仕事に精をだすつもりです」

「……あ、わたしは……」

「おふくろさん、清次がそういってるんです。固いことといわずに、素直に気持ちを受け取ったらどうです。娘を思うできた母親なら、そうするのが当然ではありませんか」

菊之助がやや遠回しにいうと、里は戸惑いを見せた。そこへ清次がまた言葉を重ねた。

「母親の手ひとつでお佳代ちゃんを立派に育てられたおふくろさんの苦労は、並大抵ではなかったでしょう。ですが、おふくろさん、これからはその苦労に報いるように、おふくろさんを大事にしたいと思います。なあ、お佳代ちゃん、しっかりおふくろさんの面倒を見てやろうじゃないか」

「まさか、そんなことをいわれるとは……」

里の目にあった険がいつしかやわらかいものに変わっていた。佳代も里の変化に気づいたらしく、言葉を重ねた。

「おっかさん、清次さんはまっすぐな人だから嘘はいわないわ。きっと、おっかさんのことも大事にしてくれるから、ちゃんとお願いしたらどう」

「そ、そうだね」

里は戸惑い半分の顔で立ちあがると、

「こんな母と娘ですけど、よろしくお願いします」

と、いって頭を下げた。

菊之助はふっと、頰をゆるめた。

うだ」

「さあ、話はまとまったのだ。ここではなく、場所を変えてゆっくり話したらど

「そうだわ、そうしましょう」

佳代が菊之助に応じた。

「おふくろさん、なにかおいしいものでも食べて、いろいろ話をさせてください。さあ、まいりましょうか」

清次はそういってやさしく里の背中に手をあてた。

そのまま三人は町奉行所の門を出て、数寄屋《すきや》橋を渡っていった。見送る菊之助とお志津は、橋の手前で立ち止まって微笑ましく三人を見送った。

「菊さん、うまくいくといいですわね」

「そうだな。あのおふくろさんは少々厄介《やっかい》だろうが、お佳代さんはしっかり者だし、清次もなかなかの苦労人のようだ。きっと、うまくやってくれるだろう」

「じつはお佳代さんから、母親のことでいろいろ相談を受けて、心配していたんです。でも、清次さんのさっきの言葉を聞いて安心しました。それに血のつながった親と子ですから、そのうち分かりあえるときがくると思います」

「うむ、そうなることを静かに見守ってやるしかないな。それにこれ以上、わた

したちが口を挟むこともないだろう」

「そうね。それじゃ菊さん、わたしたちもなにかおいしいものを食べに行きませんか？　考えてみたらお昼を食べていないんですよ」

「そうだった。よし、今日は鰻《うなぎ》でも食うか」

「まあ、それは嬉しいことを……」

二人は楽しそうに数寄屋橋を渡りはじめた。

お堀に映り込む空は、秋色になっていた。

二〇〇九年九月　光文社文庫刊

光文社文庫

長編時代小説
濡《ぬ》れぎぬ　研《と》ぎ師《し》人情《にんじょう》始末《しまつ》(十一)　決定版
著者　稲《いな》葉《ば》　稔《みのる》

2021年6月20日　初版1刷発行

発行者　鈴木広和
印刷　堀内印刷
製本　フォーネット社

発行所　株式会社　光文社
〒112-8011　東京都文京区音羽1-16-6
電話　(03)5395-8149　編集部
8116　書籍販売部
8125　業務部

ISBN978-4-334-79211-4　Printed in Japan

組版　萩原印刷